Renward Brandstetter

Die Zischlaute der Mundart von Bero-Münster

Renward Brandstetter

Die Zischlaute der Mundart von Bero-Münster

Unveränderter Nachdruck der Originalausgabe von 1883.

1. Auflage 2022 | ISBN: 978-3-36844-714-4

Verlag: Outlook Verlag GmbH, Zeilweg 44, 60439 Frankfurt, Deutschland
Vertretungsberechtigt: E. Roepke, Zeilweg 44, 60439 Frankfurt, Deutschland
Druck: Books on Demand GmbH, In de Tarpen 42, 22848 Norderstedt, Deutschland

Die

Zischlaute der Mundart

von

Bero-Münster.

Dissertation zur Erlangung der philosophischen Doctorwürde an der Universität Basel

von

Renward Brandstetter.

Einsiedeln 1883.

Druck von Gebr. Karl und Nikolaus Benziger.

Einführung.

Im Norden des Kantons Luzern liegt an den Ufern des Winonflüßchens Bero=Münster, ein schöner Marktflecken mit alt=berühmtem Chorherrenstift. In den lateinischen Urkunden des Mittelalters treffen wir die Benennungen Monasterium Beronis oder Berona nach dem Namen des angeblichen Gründers, eines Grafen Bero von Lenzburg; die Dokumente in deutscher Sprache bieten gewöhnlich Münster im Ergöu, Münster im Gau der Aare, seltener Ber - Münster oder einfach Münster. Der Volksmund sagt heutzutage möišter. Die Münsterer tragen den Spitznamen štrekχi-borger Streckeburger; es erhält nämlich jeder Bürger ein Stück Korporationsland, eine „Strecke". Der amtliche und wissen=schaftliche Stil des Kantons Luzern spricht von der und nicht von dem Stift mhd. diu stift; die Mundart sagt dagegen s kštefft mhd. daz gestifte, nlb. het gestict.

Das jetzt lebende Idiom von Bero=Münster (abgekürzt J M.) wird nicht nur auf dem geschilderten kleinen Stückchen Erde ge=sprochen, sondern im ganzen Kanton Luzern mit Ausnahme des Entlebuchs. Ich habe aber diese Benennung gewählt einerseits, weil keine sonst allgemein gebräuchliche existirt, und andererseits, weil Bero=Münster meine Heimat ist, und ich viele Jahre da zu=gebracht habe.

Im Norden gränzt das Gebiet unserer Mundart an das ver=schiedener Aargauer Idiome. Zu diesen gehört auch das von Leerau, welches dem unserigen sehr nahe verwandt ist. In sehr vielen Fällen weist es den ältern, ursprünglichern Sprachstand auf und läßt sich daher gut zu Vergleichungen heranziehen. So bewahrt Leerau das alte ou als ou, während J M. es in au gewandelt hat. So sagt Leerau boum (Aargauer Wörterbuch in der Lautform der Leerauer Mundart von J. Hunziker. Aarau 1877, S. 36), wir sagen baum. Leerau mit seinem taχχ-tröiffi (Hunziker S. 44) steht mhd. troufe viel näher als unser taχχ-träipfi mit pf und auffälligem Umsprung des Diphthongen in die i-Klasse.

Gegen Westen gränzt J M. an die Entlebucher und Emmentaler, gegen Osten an die Freiämter und Zuger, gegen Süden an die sehr abweichende lännder Mundart, d. h. an diejenige der Urkantone.

Es kann nicht befremden, daß J M. bei seiner bedeutenden räumlichen Ausdehnung doch da und dort einige Nuancirungen zeigt. So hat die Stadt Luzern, so viel man aus dem gebildeten Jargon, der hier vielfach herrscht, noch herausfinden kann, eine wohl zu beachtende Spezialität. J M. wandelt mhd. î, û, iu am Wortende oder vor Vokalen in ei, ou, öi; so wird mhd. blî zu blei, bû zu bou, niu zu nöi. Luzern dagegen bewahrt die einfache Länge bli, bu, nü. Die Gegend von Malters sagt mier, ier, dier gegenüber mer, er, der von J M., mhd. wir, ir, dir. Beide, Luzern und Malters, weichen in Bezug auf die Ersatzdehnung bedeutend ab, wovon später. Einige Grenzgebiete zeigen offenbare Beeinflussung durch benachbarte Mundarten. So hört man in Schongau vom nahen Freiamt her χes, šer, nem gegenüber J M. χäs, sär, näm mhd. kæse, schære, næme. Aehnliches beobachtet man in den Dörfern am Fuße der Rigi und im Hinterland.

Sonst spricht das ganze Gebiet die Mundart völlig gleichmäßig; und wenn schon Bero-Münster selbst hart an der Grenze des bärner-biets (so geheißen, weil dieser Teil des Kantons Aargau früher zu Bern gehörte) liegt, so hat hier doch gar kein sprachlicher Austausch stattgefunden. Das begreift sich übrigens leicht, wenn man bedenkt, daß die beiden Gebiete durch eine religiöse, sociale und politische Scheidewand getrennt sind.

Immerhin hat doch noch die eine und andere Ortschaft etwa ihre Besonderheit, zwar nicht in Lautstand, Flexion, Syntax, aber doch im Wortschatz, oft schon aus dem einfachen Grunde, daß man anderswo die Sache nicht kennt. Was eine blaηηkχe ist, wird wohl niemand wissen, der nicht von Bero-Münster ist. Am hohen Donnerstag wirft in der Stiftskirche ein als Judas gekleideter Kirchendiener dreißig Silberlinge, d. h. aus Blei gegossene Rädchen, unter die Buben aus, und diese Silberlinge heißen blaηηkχe. In frühern Zeiten war die Blanke eine auch in Luzern gangbare Münze. Schilling (Diebold Schilling, des Luzerners Schweizer-Chronik, vollenbet um 1510, im Druck erſchienen 1862) ſchreibt Seite 105 vnd was die bezalung an itel blancken, da einer acht angſter galt. Im Münzvertrag der vier Walbſtätten vom Jahre 1487 Geſchichtsfreund 21 heißt es S. 298 Item die alten frankricher planken ein für acht angſter vnd die nüwen ein für Siben angſter. Dieſer Gebrauch des Auswerfens von Silberlingen iſt nur in Bero=Münſter zu Hauſe, ſomit kennt man anderswo auch das Wort nicht. Große Verſchiedenheit zeigt ſich allenthalben in der Benennung von Pflanzen. Unter mäiie-risli verſteht man bald die Convallaria majalis, bald die Syringa vulgaris. Leucojum vernum heißt überall šnɛ-glökli, nur das untere Surental ſagt egᵋλ-blueme. In Büron verſteht man unter merrtse-blüemli die Scylla bifolia, in Bero=Münſter dagegen die Tussilago Farfara, für welch' letztere Pflanze Malters die Benennung tsit-röseli hat.

Die Mundart von Bero=Münſter ſteht würdig im Kreiſe ihrer Schweſtern da. Hohe Altertümlichkeit iſt auch ihr nach verſchiedenen Richtungen eigen. Zu got. vaggari, an. kala, mhd. zic und vager beſitzt J M. die Penbants noch. Got. vaggari erſcheint als Dem. wäŋŋerli das Kopfkiſſen, kala als χale erkalten und dadurch gerinnen. Zic heißt in Malters tseki n., in Bero=Münſter tseŋŋki und bezeichnet einen leichten Schlag, den Kinder ſich ſpielsweiſe geben. Vager wird als fäger m. nur noch ironiſch gebraucht, es iſt nicht ganz ſo ſtark, wie das nhd. „ein ſauberer Patron". do und do werden genau unterſchieden wie ihre Vorgänger mhd. dô und dâ. Die ahd. Doppelformen ginôn und geinôn laufen jetzt noch neben einander, jedoch bem Sinne nach differenzirt. Unſer heutiges gene bedeutet raſch die Speiſen herunterſchlingen unter Auf= und Zuſchlagen des Mundes, gäine dagegen beſagt, was nhd. Gähnen.

Großer Reichtum an Ausdrücken zur Bezeichnung von Sinnenfälligem iſt unſerer Mundart eigen. Wohl ein Dutzend Wörter ſind da für den Begriff Umfallen, zwei Dutzend für Durchprügeln. Faſt erſchreckend iſt die große Zahl von Scheltwörtern auf das ſchöne Geſchlecht. Die böſe Sieben heißt kχarnali (Hochton auf na) f. zu frz. canaille; kχalässti (Hochton auf läss) f.; häks f. eigentlich die Hexe; trakχ m. der Drache; bletsg f. eigentlich Blitz; gore f. mhd. gurre; kχartätse (Hochton auf tä) f. eigent=

lich die Kartätsche, aber in J M. nur in der erwähnten meta=
phorischen Verwendung üblich; löre f.; räf n. eigentlich Trage=
korb mhd. rēf; tsaŋŋk-ise n.; letzteres geht besonders auf das
Reifen. Die Plaudertasche bezeichnet rätš f. Nebenform zu rätše f.
die Hanfschwinge; χlöpf f. vom Verbum χlöpfe knallen, schwatzen;
rafele f. mit der Nebenform raffle f. eigentlich das große Klapper=
instrument, das in der Karwoche die Glocken vertritt; lafere f.
zu laferen schwatzen bei Josua Maaler 261. Stärker noch als
rafele und rätš sind die beiden Komposita kχarfritiks-rafele
und kχarfritiks-rätš. Ferner gehören hieher häχχle f. eigent=
lich die Hechel und täšš f. Nebenform zu tässe die Tasche. Die=
jenige, welche unordentlich ist in Kleidung, in der Haushaltung
u. s. w., nennt man hoke m. eigentlich der Haken; šlammp f.
vom Verbum šlammpe herunterhängen wie ein Fetzen; šläipf f.
zum Verbum šläipfe schleppen; hotš f. vom Verbum hotše
schwerfällig einhergehen, durch Kot waten, horršši n.; hosi
neben hösi beide n.; tsŭsi n. ist ein spezielles Wort von Bero=
Münster. Hiemit werden die vom bärner-biet herkommenden
Bettlerinnen gescholten, man sagt auch bärner-tsŭsi. Eigentlich
ist es der in jenen Gegenden häufig vorkommende Eigenname
Susanna, vgl. Hunziker Seite 314. χöts f. ist die ungetreue
Haushälterin, die alles aus dem Hause verschleppt, zu mhd. kötze
Tragekorb. Die unförmlich große, dicke Weibsperson heißt flute f.
eigentlich Mehlkloß; štuete f. die Stute, märe f. die Mähre,
trokχe f. die Truhe zu vergleichen mit dem schriftdeutschen Schachtel;
χloŋŋele f. der Knäuel; mössgi n. und büsi n. bezeichnen die Ma=
gere und Kleine; tonnti n. und moŋŋkeli n. die Dicke und Kleine.
Die Dicke und Faule heißt taš m.; pflaš m.; pflaši n.; alle be=
deuten eigentlich Kot; pfloŋŋki n. Die Unmoralische ist ein mösšter
n. eigentlich das Muster, aber ironisch gesagt; ein lasšter n.;
ein mönntš n. vgl. nlb. het mensch; eine lop vielleicht zu lat.
lupa; eine luents f.; eine mäts f.; eine mor f.; eine los f. Die
beiden letzten Ausdrücke sind eigentlich die Namen eines bekannten
vierbeinigen Geschöpfes. Mehr allgemein, ohne ganz feste, bestimmte
Färbung werden gebraucht gotere f. eigentlich die Flasche; lödele
f.; pflasšter n.; roŋgoŋŋgele (Hochton auf goŋ) f.

Diese Reihe würde sich noch um ein Bedeutendes vermehren,
wollte man auch die Ehrentitel anführen, welche beiden Geschlech=

tern zugleich erteilt werden, z. B. babi n. eigentlich Barbara, übertragen: die ungeschickte Person.

Zum Studium von Lautgesetzen, Analogiewirkungen, Differenzirungen u. s. w., wovon die vergleichende Sprachforschung spricht, bietet J M. reichen Stoff. Ursprüngliches l wandelt sich in ganz bestimmten Fällen ausnahmslos in den u-ähnlichen Laut λ. Damit lassen sich vergleichen Fälle im Niederländischen wie ouderdom, Arnoud, hout. Der Konb. (Konj. Prät.) von seλλe = debere heißt sot und set = deberem. So wird auch der von weλλe ursprünglich wot und wet geheißen haben, man vgl. ahd. wolti und wëlti. In der heutigen Sprache funktionirt jedoch nur noch wet als Konb., wot ist Präf. Inb. geworden, i wot, de wotišt, de wot = volo, vis, vult. Ein ganz gleicher Vorgang hat beim gleichen Verbum auch schon stattgefunden. Das Mhd. unterscheidet ër und in, dagegen ist ëz sowohl Nom. als Akk., J M. unterscheidet ebenfalls (nichtinklinirendes) är und enn und hat sich dazu zum Nom. äs einen Akk. enns gebildet. Dieses ist eigentlich der m. Akk. enn mit angehängter Neutralendung s (söns = schœnez.) Zu mhd. sut bildet J M. das Adj. sötig siedend heiß. Ferner existirt brüetig brütend heiß. Gerne werden die beiden zusammen gesagt, und hiebei hat das erstere auf das letztere so eingewirkt, daß dieses seinen Wurzelvokal üe gegen denjenigen von ersterem, ö, vertauscht hat. So heißt die Phrase Paba (vgl. §. 4) sötig ond brötig, Samhita sötig omprötig. Die Form brötig ist aber auch aus der Verbindung herausgetreten, und so sagt man, wenn dieses Wort für sich allein gebraucht wird, sowohl brüetig als brötig. Zum Verbum brüete, das in Bezug auf die Bedeutung (brüten, ausbrüten) schon weiter abliegt, ist das kurze ö nicht vorgedrungen.

Wer nach Volks- und Kinderpoesie forscht, der findet in unserer Mundart immer noch einige grüne Blätter an borrendem Baume, wären es auch nur die Lieder der Armut.

Klein Verena.

** Gueten Obe Vreneli,
  Z'ässe hemmer weneli,
  Z'trinke hemmer usem Bach,
  Chüechli wär e schöni Sach.

Die bettelnde Maske.

** I chome vo Müswange,
I bi g'ritte und g'gange,
S'stod deheim imene Büechli,
I hätt gärn es Tschüppeli Chüechli,
Oder au nur es bitzeli Brod,
Das i wider cha witer cho.

Der frugale Hochzeitsschmaus.

** S'Tschampelen Anni's Tochter
Und s'Chübeli Beter's Sohn
Hend enand g'hürotet
Bim ene Biresturm.

Die Sprache der Gebilbeten ist vielfach mit Wörtern aus dem Schriftdeutschen durchsetzt, die dann allerdings munbartlich zurecht= gemodelt sind. So sagt der Gebilbete got Gott, artst Arzt, häitse heizen, sonndern sondern. Der gemeine Mann würde diese Aus= brücke nie gebrauchen, sondern dafür öise herrget, tokχter, i-füre em kχonnträri (Hochton anf kχonn) sagen. In meiner Arbeit übergehe ich diese Eindringlinge aus der Schriftsprache ganz und halte mich strikte nur an das Material, bas sich im Munde bes „tauners" mhb. tagewaner vorfindet. Es sind jeboch auch einige solche Ausbrücke in den Sprachschatz bes gemeinen Mannes ge= langt, und biese werbe ich zuziehen, vgl. §. 23 hanns.

Auch den Eigennamen, besonbers ben Ortsnamen, möchte ich ein bescheibenes Plätzchen anweisen; sie gehören ja auch zur Sprache. Allerbings sind sie nur mit Vorsicht aufzunehmen. Es braucht Kenntniß einerseits einer möglichst alten Schreibung. Diese schöpfe ich aus unsern ältesten Urkunden, abgedruckt im „Geschichtsfreund" (Gfb.) Band 1—38, bem weißen Buch und dem Liber Camere von Bero=Münster, ebenfalls abgedruckt Gfb. Band]23 und 24; bem Robel des Almosneramtes unb der Probstei des Stiftes im Hof zu Luzern, Gfb. Band 38. Alle vier stammen aus der Zeit balb nach 1300. Ferner muß man auch bie heutige Aussprache kennen, unb wo etwa zwei ober brei Lokalitäten mit gleichen ober ähnlichen Namen vorkommen, ist vor allem Verwechslung zu vermeiden.

Meine Arbeit bezweckt bie Darstellung ber Zischlaute unserer jetzt lebenben Munbart. Ich halte es aber für unumgänglich not=

wenbig, auch auf die ältern einheimischen Schriftwerke Rücksicht zu nehmen. Seiler (die Basler Mundart von G. A. Seiler, Basel 1879) und Stickelberger (Lautlehre der lebenden Mundart der Stadt Schaffhausen von H. Stickelberger, Aarau 1881) tun das eben= falls bei der Darstellung ihrer Mundart. Wenn dieses Vorgehen auch Stückwerk bleiben wird, da unsere Luzerner Literatur denn doch nicht so reich und mannigfaltig ist, und man wegen des schlimmen Faktors einer schlechten Orthographie zumal auf feinere Fragen gar oft keine Antwort erhält, so bietet doch die Sprache unserer alten Schriftwerke (abgekürzt A M.) vielfache Illustrationen für die heutigen Verhältnisse (vgl. obiges blaŋηkχe), und manches ist auch für sich selbst bedeutungsvoll. Ich habe eine Reihe von zuverläs= sigen Schriftwerken aus der Zeit von 1300—1796 durchgenommen, dazu noch die Chroniken von Ruß, sog. Fründ, Etterlin, das Spiel vom jüngsten Tag von Bletz. Den letzten vier möchte ich das Prä= dikat „zuverlässig" nicht unbedingt zuteilen, denn Ruß, Fründ und Etterlin schreiben vielfach, nicht Zeitgenössisches erzählend, aus an= dern Chronisten ziemlich wörtlich ab; dazu ist Etterlin schlecht überliefert. Bletz stammt von einem andern, allerdings nahe ver= wandten Dialektgebiet her (Zug). Dazu ist die Orthographie im noch nicht im Druck herausgekommenen Spiel vom jüngsten Tag (1549) haarsträubend, und grobe Schreibfehler sind keine Selten= heit. Ich bringe daher aus diesen vier Autoren nur solches Ma= terial, das ich auch anderswoher belegen kann.

Um 1800 dichteten Ineichen und Häfliger ihre mundartlichen populären Lieder, hochwichtig für die Kenntniß des Luzerner Kultur= lebens jener Zeit. Ihre Sprache kennt Ausdrücke und Wendungen, die jetzt selten geworden oder ausgestorben sind, freilich nicht in großer Zahl. Sie werden speziell berücksichtigt.

Da die Mundart so viel Stoff zur Betrachtung bietet, dürfte es wohl angezeigt sein, sie in Monographien zu behandeln. Mit vorliegender Arbeit bezwecke ich, einen ganz gedrängten Abriß der gesammten Laut= und Formenlehre des jetzt lebenden Idioms von Bero=Münster zu geben und, auf demselben fußend, die Zischlaute zu einer möglichst vollständigen Darstellung zu bringen. Dankbarer Stoff für weitere Einzeldarstellungen wären die Diphthonge, die Hilfszeitwörter, die Pronomina, die Zahlwörter, die Vertretung der mhd. Media, das ν ἐφελκυστικόν u. s. w.

Die Stammformen, aus welchen sich alle andern ableiten lassen, sind beim Subst. Nom. Sg. und Nom. Pl., beim Verb Inf. und Part. Prät., beim Adj. Pos. und Komp. in absoluter Form. Ich führe beide Stammformen an, dazu beim Subst. das Geschlecht, z. B.

kχalässti (kχalässtene) f.;

hus (hüser) n.;

gäine (käinet);

tomm (tömmer);

grommsig (grommseger);

Fallen beide Stammformen zusammen, oder ist die zweite nicht gebräuchlich (Pl. bei Abstrakten und Kollektiven, Komp. von vielen Adj.), so erfolgt natürlich nur einmalige Angabe.

Ueber Angabe von Wortakzent und von Pada= und Samhita=form siehe §. 3 II und §. 4.

Da phonetisch geschriebene Texte sich sehr mühsam lesen, habe ich es vorgezogen, längere J M. Wortreihen, z. B. Sprichwörter, Redensarten, Kinderlieder, Witterungsregeln, Stellen aus unsern luzernerischen Dialektdichtungen (Jneichen, Häfliger, Gspaß und Ernst, Einst und Jetzt, Rötelin, J. Bucher, Halter, Rämmert vom Mösli) mit gewöhnlicher Schrift zu schreiben und bezeichne, um jedes Miß=verständniß zu verhüten, solche Stellen mit zwei Sternchen, z. B.

** Los doch, Seppi, g'rägnet hed's
    vom Mändig bis am Samstig z'Nacht,
Und do hed am Suntig d'Sunne
    doch es fründlichs G'sichtli g'macht.
Seppi, dänk a das und lass
    dis ebig Briegge und di Chlag.
Wenn'd ietz scho im Unglück bist,
    de chund der au de sunnig Tag.

Rämmert vom Mösli.

1. Die Laute von J M.

Von den drei Klassen, in welche die Sprachlaute zerfallen, den Sonorlauten, Geräuschlauten und Mischlauten, oder wie letztere Winteler (die Kerenzer Mundart von J. Winteler, Leipzig und Heidelberg 1876) S. 8 nennt, den weichen Lauten, besitzt J M. nur die beiden ersten. Das weiche r Wintelers (S. 20) oder die tönende Media des Norddeutschen kennt unsere Mundart nicht.

I. Die Sonorlaute sind:

i, das reine i, z. B. in wi m. der Wein; lisi n. Lieschen; χištere (kχišteret) keuchen;

e, das é fermé, z. B. in gere f. der Speer des Fischers; fegʻλ m. der Knirps; χlebere f. Galium Apparine; teli (telene) f. die Diele.

e, das è ouvert, z. B. in mede Bekräftigungspartikel; redli n. das Räbchen; red (rede) f. die Rebe; geλλe f. die gellende Stimme. Salat (Hans Salat, ein schweizerischer Chronist und Dichter aus der ersten Hälfte des 16. Jahrhunderts, heraus=gegeben von Bächtold) S. 133 Die schruwend im zuo mit grusamer gell.

ä, entspricht dem engl. a in hat, bad, von Hunziker mit ä und ë bezeichnet, Seite XIV, z. B. in lädere (kläderet) lobern; mäkele (kmäkelet) nach Fleisch riechen, das in Zersetzung be=griffen ist; šnäfele (kšnäfelet) schnitzeln; Redensart ** S'isch nüd Verschnäfelets es ist nichts unpassendes; ross-träni n. Corydalis cava.

a, unser a klingt etwas gegen o hin. rad (reder) n. das Rad; manntsele f. Narcissus Pseudonarcissus; šamauχ (šamauχe) m. der Schmarotzer; knape (knapet) wackeln. Redens=arten: ** I ha Hunger, das mer d'Ohre g'nappid. Sprich=wort: ** Vil chlini Mümpfeli machid au de Bart z'g'nappe. (Nhd. Viele kleine Fischchen geben ebenfalls ein Mal.) Sutermeister (die schweizerischen Sprichwörter von Otto Sutermeister, Aarau 1869) bringt S. 61 ein ähnliches ** Er isst, bis im s'Halszäpfli g'nappet und S. 71 ** Er schwätzt bis im d'Ohre g'nappet. kχarwole (Hochton auf wo, kχarwolet) schmeicheln.

o, das o ouvert, z. B. in ron-baχχ m. Name mehrerer Bäche im Kanton Luzern; grope (kropet) tastend sich vorwärts bewegen; mote (kmotet) Haufen von Rasen auf dem Felde verbrennen, unter der Asche fortglimmen, auch in unserer ältern Literatur belegt, z. B. in der Historie der Brunst zu St. Urban von S. Seemann lateinisch verfaßt, von Renward Cysat 1585 ins Deutsche übertragen, abgedruckt Gfd. 3, 175 u. ff.; S. 180 heißt es: die brunst, was noch vbrigs sich erzeigt unnd in dem zerfallnen Huffen motet, ze löschen.

ö, Umlaut von o, z. B. in trögle (tröglet) mit großem Appetit essen; ödi m. Adam; töipele (töipelet) im Fieber irre reden; in A M. habe ich dieses Wort getroffen im Pestbüchlein (Luzerner Pestbüchlein vom Jahre 1594, auf der Bürgerbibliothek. In der Einleitung ist ausdrücklich erklärt, das Büchlein sei nicht aus andern zusammengeschrieben, sondern auf Grund in Luzern gemachter Erfahrungen selbständig verfaßt). S. 34 heißt es: Es bringt auch dise sucht vnnderwylen auch ander böse zufäll mit gross Hauptwee, Toubhauptsucht, Döupellen, Kündlinwee.

o, das o fermé, z. B. in hote f. der Tragekorb, auch Kosewort für Kinder; o-wort n. das Unwort d. h. das unfreundliche, verletzende Wort. Redensart ** De hed mer nie kes Uwort g'gä er ist immer freundlich mit mir gewesen.

ö, Umlaut von o, z. B. in böpi n. die Zitze; hön (höner) zornig; brönndlege m. Irrwisch, als Gespenst gedacht. Einen, der sehr schnell läuft, bezeichnet man mit der Redensart ** De lauft wi-n-e Bründlege; glöχηki (glöχηkene) m. der Nichtsnutz, der energielose Mann.

u, das reine u z. B. in mul-aff (mul-affe) m. der Maulaffe; fugle (kfuglet) etwas tadelnswertes, verdächtiges ins Werk setzen; roχgusse (kroχgusset, Hochton auf gu) lärmen.

ü, das reine ü, Umlaut von u, z. B. in büro n. das Bureau; hüne (khünet) heulen; hütse (khütst) schneien und stürmen.

λ, Wenn ich ein λ ausspreche, ist der hintere Teil der Zunge gehoben wie bei der Hervorbringung des u, der vordere Teil ist konkav gehöhlt, die Spitze etwas nach oben gezogen. Die Lippen sind gerundet, jedoch nicht vorgestülpt, sondern eher die Unterlippe etwas zurückgezogen. Der so entstehende Laut schwebt zwischen u und l, klingt aber dem u viel näher. In dem Worte mhd.

vergalstern, das eigentlich fergaλštere ergeben ſollte, iſt λ in wirkliches u gewandelt, und man ſagt fergauštere (fergaušteret) verwirren. Doch hört man auch noch dann und wann fergaλštere. Ueber die Verhältniſſe dieſes Lautes in verwandten Mundarten vgl. Winteler 38, Hunziker C II, Stickelberger 14.

Die bisher verzeichneten Laute heißen Vokale.

Weitere Sonorlaute ſind:

l und r, die beiden Liquiden, z. B. χlötere (kχlöteret) Diarrhoe haben; lodi m. Ludwig; rore (kroret) gleichbedeutend mit engl. to roar; rode (krot) rühren, auch in A M. belegt, z. B. Salat S. 67 zum letzt gerodet, iſt er als äſchen zerfallen.

m der labiale, n der dentale, η der gutturale Naſal, z. B. in morpfe neben mörpfe (kmörpft) etwas eſſen, beſonders auf heim= liche, behagliche Weiſe; gon (gön) m. hölzernes Gefäß, an welchem eine ziemlich lange Stange als Handhabe angebracht iſt, ſchon in unſerer älteſten Literatur belegt. Das älteſte Stadtbuch von Luzern, bald nach 1300 geſchrieben, abgedruckt in Kopps Geſchichtsblättern 1854 ſagt S. 346 Vnd swele smit deheim rosse lat, der sol das bluot enpfan in ein kübel oder in ein gon. η findet ſich z. B. in laηη neben läηη (leηηer) lang.

w, bilabial, z. B. in weli f. die Auswahl; weiiλ m. der Nonnenſchleier; wuešte m. der Huſten.

II. Geräuſchlaute ſind:

b der labiale, d der dentale, g der gutturale Exploſivlaut, z. B. in deχ dich; bekχer m. der trockene Huſten; gegele (kegelet) kichern, vgl. engl. to giggle. Von einem, der immerfort kichert, ſagt man ** dä hed Gigelimues g'gäſſe. g iſt ferner in kšmörtsig (kšmörtseger) knauſerig.

h, die Kehlkopfſpirans, z. B. in hüle (khület) heulen; höišše (khöišše) heiſchen; häimet n. das Heimweſen, f. die Heimat.

f, die labio=dentale Spirans. flume f. die Pflaume; kfäχ n. die vielen Umſtände; freiiet f. heißt der Platz oberhalb der Stifts= kirche von Bero-Münſter. Da vrîheit, auf welches Wort freiiet zurückgeht, mhd. Aſil bedeutet und da ferner Aſile häufig bei Kir= chen waren, ſo dürfte vielleicht unſer Name auch einem ſolchen den Urſprung verdanken, hiſtoriſche Nachweiſe kann ich freilich nicht bringen.

χ, die bekannte schweizerische tiefgutturale Spirans, z. B. in χute (kχutet) blasen, wehen; tuχ (tuχer) scheu, niedergeschlagen; χegᵉλ m. der Kegel, der unbeholfene Mensch.

s und š, die beiden Zischlaute von J M. und überhaupt von allen al. Mundarten. Das Zeichen s wird von allen Dialekt= forschern gleich angewendet. Stickelberger und Winteler bedienen sich ebenfalls des Zeichens š, Seiler schreibt sch und bloß s in den Verbindungen sp und st (zu sprechen als št und šp), ähnlich verwendet Hunziker sch und s mit Halbkreis. — s findet sich in J M. z. B. in süde (ksote) sieden; rose f. die Rose; baredis (Hochton auf dis) n. das Paradies; ome-gäisle (ome-käislet) herumvagiren. š steht z. B. in šribe (kšrebe) schreiben, šannd f. die Schande.

2. Lang und kurz, Lenis und Fortis.

I. Die Vokale der al. Mundarten differenziren sich wie auch die des Nhd. in Längen und Kürzen; wie im Nhd. das a in haffen kurz und in Hafen lang ist, so auch ganz gleich in unserm hasse gegenüber hase. Ich unterscheide die Länge von der Kürze durch Fettdruck.

i, e, e, ä, a, o, ö, o, ö, u, ü kommen in J M. sowohl als Längen wie als Kürzen vor, d. h. als i und i, e und e, u. s. w.

λ ist nicht differenzirt und ist als Kürze zu fassen.

II. Die Liquiden, Nasale und Geräuschlaute sind differenzirt in Fortes und Lenes. Ich unterscheide die Fortis von der Lenis durch doppelte Setzung des betreffenden Zeichens, z. B. s und ss, wie in hase Hafen und hasse haffen.

r, m, n finden sich als Lenes und als Fortes.

l ist nicht differenzirt und ist stets Lenis.

η ist stets Fortis, nur in wenigen vereinzelten Fällen erscheint es als Lenis, vgl. §. 6.

w ist nicht differenzirt, es ist stets Lenis.

b, d, g kommen als Lenes und als Fortes vor. Statt bb, dd, gg schreibt man aber allgemein p, t, k.

Ueber das Wesen der al. Lenes b, d, g und besonders über ihren Gegensatz zur tönenden Media des Niederdeutschen, Slawischen

u. f. w. und über die Fortes p, t, k im Gegenfaß zu den afpirirten p, t, k des Nhd. des Dänifchen u. f. w. vgl. Sievers Phonetik 1881 S. 131, Winteler S. 21, Stickelberger S. 21.

h ift ftets Lenis.

f, χ, s und š finden fich als Fortes und als Lenes, alfo als f und ff, χ und χχ u. f. w.

III. Einige allgemeine Gefeße über Lenis und Fortis:

a) Keine Fortis kann Anlaut eines Wortes fein, außer p, t und k, z. B. in taλ (teler) u. Tal; pötše (pötšt) putfchen; kaηηe gegangen. In einem Falle auch ss und šš. vgl. §. 4.

b) Das Winteler'fche Silbenakzentgefeß (Winteler S. 142, Sievers S. 165) gilt auch für J M.

α) Eine etymologifch verlangte Lenis unmittelbar nach kurzem Vokal wird zur Fortis, wenn fie ein Sonorlaut ift, z. B. m, n, r, fobald ihr noch ein Nichtvokal, z. B. d, f, š u. f. w. folgt; diefer muß dem nämlichen Worte angehören, z. B. lannd (lännder) u. mhd. lant; šwarrts (šwerrtser) mhd. swarz; heηηkχe (khoηηkχe) hinken.

Das Verbum tämmpfe (tämmpft) bedeutet J M. nur däm= pfen, A M. dagegen auch fchlemmen, fchwelgen. Im Drama vom verlornen Sohn von Salat (zum Unterfchied des früher angeführten Werkes von Salat zitire ich bei diefem feparat im Gfd. 36 abge= druckten fo: Verlorner Sohn Vers . .) findet fich Vers 307—309 folgende Stelle:

In fremdden landen will ich vertriben min jungen tag bi gfellen und wiben mit singen, springen, tempfen, spilen.

J M. bedeutet tammpf (tämmpf) m. Raufch.

β) Zwifchen langem Vokal und Explofivlaut kann eine Spirans f, χ, s, š nur Lenis fein, z. B. rušše (kruššet) raufchen, aber nur luštere (klušteret) wühlen; risse (kresse) reißen, dagegen dritte Perfon de rist er reißt.

γ) Zwifchen kurzem Vokal und Explofivlaut kann eine Spirans nur Fortis fein, i lese ich lefe, aber de lesst er lieſt.

α und γ gelten übrigens nur dann, wann die betreffende Silbe nachdrücklich hervorgehoben ift, alfo auch nicht mehr für den tieftonigen Beftandteil des Kompofitums. Ich fchreibe alfo χennd u. dagegen χommer-χend u. das Kummerkind, d. h. ein kränkliches oder auch das einzige Kind.

3. Der Akzent.

I. Silbenakzent. In einer jeden Silbe ist Ein Laut vor den übrigen hervorgehoben, er heißt Silbengipfel, z. B. das a in šlaηη (šlaηηe) f. selten m. die Schlange.

α) In Wurzelsilben, die entweder Hochton oder Tiefton tragen (siehe II), können nur Vokale, λ jedoch nicht, Träger des Silben= akzentes sein, z. B. a in bannd n. das Band; u in χrud n. das Kraut; i und a in wi-fass n. das Weinfaß. — Wenn in einem Worte zwei Vocale zusammenstoßen, so sind in J M. drei Fälle möglich.

Erstens können sie zwei verschiedenen Silben angehören, z. B. i und ö in dem dreisilbigen mossiö m. (Hochton auf mo) frz. Monsieur. Da dieser Fall sehr selten vorkommt und fast nur bei Fremdwörtern, zeichne ich ihn in meiner Schreibung nicht aus, merke ihn aber in Klammer an, z. B. kšariöλ (i—ö zwei Slb.) n. der Lärm; fiöndli (i—ö zwei Slb.) n. das Veilchen; A M. beim früher schon zitirten Schilling S. 170 man fand vmb sant Vallentinstag schlüsselbluomen, vigönli vnd ander sumerlich gewächs. Dieser Fall findet sich ferner bei tuediom (i—o zwei Slb.) n. das Thubichum d. h. das Betragen, imperativisches Sub= stantiv; in dem auffälligen leprießter (i—e zwei Slb.) m. mhd. liutepriester.

Zweitens können die beiden zusammenstoßenden Vokale Eine Silbe ausmachen, und hier sind in J M. wieder zwei Fälle mög= lich. Entweder bilden sie zusammen einen Diphthongen, wobei der erste Vokal Silbengipfel ist. Ein solcher Diphthong ist au in nhb. und zugleich J M. frau, im mhd. und J M. lieχt. Silbengipfel ist in frau das a, in lieχt das i. An Diphthongen ist J M. un= gemein reich, z. B. ei, äi, äi, ui, öi, öi, au, au, ou, ie, ue, üe, aλ, aλ u. s. w.

Oder aber sie können so Eine Silbe bilden, daß der Akzent auf dem zweiten Vokale ruht, und der erste Vokal halbvokalische Funktion ausübt. So ist es der Fall in dem zweisilbigen kχoriͦs (kχoriͦser, Hochton auf iͦs) sonderbar. Vgl. hierüber Sievers 123. Um diesen Fall von dem vorhergehenden zu unterscheiden, schreibe ich den ersten Vokal kleiner: iakt f. die Jagd mit ia wie ya in ffr. yamayati, gegenüber ieger m. der Jäger mit ie wie in lieχt.

Akzentverschiebungen haben stattgefunden in ieger, lannd-ieger der Landjäger, iegere (kiegeret) jagen, wogegen iage (kiakt) jagen und iakt und überhaupt alle Verbindungen ia, iu, io u. s. w. die mhd. ja, ju, jo u. s. w. entsprechen, den Silbengipfel auf a, u, o u. s. w. haben. Neben einander stehen in J M. hanns-ierk und hanns-ieri, beide bedeuten Hans Georg, und neben iesess steht ein selteneres iesess Jesus als Ausruf.

In den Eigennamen eduwart Eduard wird der Uebergang von u zu a durch ein w vermittelt; ähnlich sprechen viele Personen den Namen Renward als renuwart aus, während die geläufigere Dialektform rämmert oder rämmet ist.

Wenn auf einen Diphthongen, dessen zweiter Bestandteil ein i, u, λ ist, z. B. ei, au, eλ u. s. w. noch ein Vokal folgt, so wird dieses i, u, λ stets doppelt gesprochen. So heißt er fällt de kheit, ihr fallt dagegen de kheiiid, wobei also i zuerst als zweiter Bestandteil des Diphthongen ei und dann als Halbvokal, der somit durch kleine Schrift auszuzeichnen ist, vor folgendem Vokal (i) auftritt. Es ist das der Fall von Sievers ai-ia, au-ua Seite 124 unten. Weitere Beispiele sind beiii n. die Biene, tauuele f. Galeopsis Tetrahit, Ladanum und im Hinterland Ochroleuca; löiie (klöiiet) faul herumlungern, vgl. nlb. lui; göiierle (köiierlet) den jetzt im Aussterben begriffenen Luzerner Nationaltanz tanzen; weiiλ m. der Nonnenschleier, nlb. wiel. ** Si hed de weiel g'no sie ist ins Kloster gegangen; moλλ Mullwil, eine Ortschaft, eine Stunde von Bero-Münster, Gfd. 5, 84 Jahr 1300 Mulwil; wauuλ Gfd. 1, 108 Jahr ungefähr 1200 Wawile die Eisenbahnstation Wauwil; weλιe wollen. Die Werbung des Maurers wird im Kinderlied abgewiesen: ** Gang, du alti Pflasterchelle, s'hend mi hüt scho sibe welle.

Ich bezeichne allerdings, wie allgemein üblich, die Fortis durch doppelte Setzung des Zeichens; allein da bei erwähntem ii, uu, λλ das zweite i, u, λ klein zu schreiben ist, giebt die Schreibung keinen Anlaß zu Verwechslung mit Fortes, wie mm, ss u. s. w.

Die Verhältnisse der Mundart von Leerau sind, was ii, uu, λλ anbelangt, weit komplizirter, vgl. Hunziker XVIII.

β) In den schwachtonigen Suffixen und Präfixen, vgl. folgendes II, können die Vokale e, i, λ, dann m als Silbengipfel fungiren. Im Nhd. fungirt auch n in solchen Fällen als Silbengipfel,

z. B. in Händen, gesprochen als henndn, vgl. Sievers S. 29.
In J M. kann das weder n noch η, da sie aus allen Endsilben
und Präfixen ausfallen, z. B. in maχχe mhd. machen; ioget mhd.
jugent, häλsig mhd. helsinc, während der Vokal bleibt.

In der Endsilbe er ist e nicht absorbirt. Stickelberger liefert
S. 11 den Beweis für seine Mundart, er gilt auch für J M.

Bleibt in der Endsilbe el das l nach §. 6, so wird auch e
nicht absorbirt; wird l zu λ, so schwindet e gänzlich. Als Beweis
kann ich nur mein Sprachgefühl einsetzen.

m fungirt als Silbengipfel nur in der Dativendung 'm,
z. B. guet'm mhd. guotem in der rätselhaften Endung s'm,
z. B. kχannts'm zutraulich, vgl. §. 38 und im enklitischen Pro=
nomen 'm = ihm.

Wenn vor λ und m der Vokal auf solche Weise absorbirt ist,
und dafür λ und m Silbengipfel werden, deute ich diesen Vorgang
durch ein ' vor l und m an, also 'λ und 'm.

Das reine i in Suffixen vertritt i und î, z. B. eλtišt ahd.
altisto; de brönntišt ahd. prantîs; feišteri ahd. vinstrî; ferner alle
Vokale in den J M. Endungen ig und iss, z. B. räχχnig (räχχnege)
f. die Rechnung; maλχiss (maλχesse) Malchus, der Vielfraß.

Reines i fungirt so nur in letzter Silbe, folgt noch eine Silbe
im gleichen Wort, oder ein enklitisches Pronomen, so wandelt sich
i in e, nur selten hört man es auch an dieser Stelle als i, z. B.
kχaraliss (Hochton auf ra) m. der Chorsänger an der Stiftskirche
von Bero=Münster; der Plural lautet aber kχaralesse; iagid it.
cacciate, aber iagede cacciatelo.

e kann in Präfixen und Suffixen Produkt aus allen alten
Vokalen sein, z. B. toget (togete) f. Heilkraft, Geschmack, Tugend,
ahd. tugunt; woret (worete) f. wârheit u. s. w. Die Fälle wären
noch näher zu untersuchen.

Anmerkung. Es scheint, daß alle Vokale, die in der alten
Sprache ganz am Ende des Wortes stehen, in J M. abfallen; so
erscheint ahd. auga, reda (in dëmu) lande, nâmi, fihu, mâno,
spâto in J M. als aug, red, lannd, näm, fc, mon, špot.
Wenn aber daneben prannti als brönnti u. s. w. auftritt, so be=
dürfen solche Fälle einer Specialuntersuchung.

II. Wortakzent.

In Wörtern wie maχχe facio, badet lavat u. s. w. sind die

Wurzelfilben ma*χχ*, bad ftarf hervorgehoben, die Endungen e und et dagegen fchwach betont. Ganz gleich liegen die Verhältniffe in nhd. mache, badet und in allen ähnlichen Fällen.

In Kompofitis hat der erfte Beftandteil den Hochton, der zweite den Tiefton, gerade wie im Schriftdeutfchen, z. B. in teŝŝ-bäi n. das Tifchbein; räk*χ*-o*λ*dere f. der Wacholder. Diefes Wort ift fchon in unfern älteften Quellen belegt. Im Urbar von Rat= haufen ums Jahr 1300, abgedruckt im Gfd. Band 36 fteht S. 269 Cem recholteracher ein matta; im ält. Stadtbuch S. 341 Vnd swer dehein rekolteren oder kris brennet in der Stat, der . . .

In einigen Appellativen trägt der zweite Beftandteil den Hoch=, der erfte den Tiefton, etwa in barm-härtsig (barm-härtseger) barmherzig; k*χ*ar-wo*χχ*e f. die Karwoche; *χ*otse-muser m. eine Äpfelart; feiŝter-müsle (kfeiŝter-müslet) aus feiŝter (feiŝterer) finfter und mus (müs) f. die Maus, blinde Kuh fpielen.

Komponirte Luzerner Ortsnamen, befonders folche, deren erfter Teil ein Perfonenname ift, haben fehr häufig den Hochton auf dem zweiten Komponenten, fo he*λ*dis-riede Hilbisrieden, ungefähr 1190 De Hiltinsriedin 16 mod. chern, Gfd. 17, 247; ferner ad'*λ*-wi*λ* Abelwil, 1190, Gfd. 17, 247 De Adilwilare 4 mod. chern; hets-*χe*λ*χ* Gfd. 19, 256 Jahr 1271 fratribus in Hilzchilche; ober-*χe*λ*χ* Oberkirch, Gfd. 2, 67 Jahr 1278 Obernchilch u. f. w. Andere haben dagegen den Hochton auf dem erften Komponenten, z. B. tammer-se*λλ*e, Gfd. 9, 215 Jahr 1366 Tagmersel, großes Dorf im Wiggertale. Um etwas recht langes zu bezeichnen, fagt man fprichwörtlich ** s'isch fo läng wi Tammerselle.

Längere Fremdwörter behandelt I M. wie Kompofita, vgl. dazu §. 43. Der Hochton kann dabei bald auf dem erften Be= ftandteil ruhen, z. B. in aptse*ηη*ke f. (auf ap) die Hyacinthe, bald auf dem zweiten, z. B. ramisiere (kramisiert, Hochton auf sie) frz. ramasser.

Vereinzelte Fälle:

feŝŝ-weiier m. mit Hochton auf feŝŝ ift jeder Teich, in dem Fifche gehalten werden; mit Hochton auf weiier ift es Name einer Lokalität bei Luzern.

rose-garte mit Hochton auf rose bezeichnet einen im Volks= glauben befonders heiligen Friedhof. Sachliches fiehe bei Lütolf, Sagen aus den fünf Orten, Luzern 1865, S. 254. Mit Hochton

auf garte ift es eine Wirtschaft in der Stadt Luzern. Maria
wird marei, wie Lucia lutsei; letzterer Name ift nur noch wenig
gebräuchlich; bei beiden ruht der Hochton auf der erften Silbe, da=
gegen im Ausruf o iere mareie, Jefus Maria, auf rei.

Die drei Verben gigampfe schaukeln, vgl. Tobler, Appenzeller
Sprachschatz: Gampf der Zustand, daß ein Körper auf der einen
Seite das Uebergewicht erhält; bibäbele verzärteln; und das feltene
gugakse, welches den Ton der Meßklapper bezeichnet, haben den
Hochton auf der Reduplikation. Die Partizipien lautet kigampfet,
pibäbelet, kugakset.

Die drei Beteuerungen nänäi nein, momoλ oder wowoλ
doch können je nach dem Affekt den Hochton auf der erften oder
auf der zweiten Silbe haben.

aλ-wäg mit Hochton auf aλ bedeutet freilich, mit Hochton auf
wäg in jeder Hinficht ** Es ist mer all Wäg nüd drum. In
unfern alten Denkmälern bedeutet allweg immerfort, ftets. Hans
Schürpfen des Rats zu Luzern Pilgerfahrt nach Jerufalem 1497,
beschrieben von ,,petern Wächter von lucern 1498'', abgedruckt
im Gfd. 8, bringt das Wort fehr oft, z. B. Gfd. 8, 225 vnd ist
der tempel allweg beschloffen, das ält. Stadtbuch hat S. 351
Der Rat, alte vnd nvwe sind vber ein komen, dc si allweg
mornendes nach dem Ingenden Jare 10 phunt wend dur got
geben. Bei Schilling ift diefes Wort faft auf jeder Seite. Im
Leben des heiligen Antonius von Pecheco, aus dem Spanifchen
ins Italienifche überfetzt von Vicio, aus dem Italienifchen ins
Deutfche von J. B. Bircher des Rats zu Luzern, gedruckt zu Lu=
zern bei David Hautt 1658, S. 1 und fonft häufig.

Von diefer Gebrauchsweife hat fich ein Reft bis heute erhalten.
Die Kirchenfprache überfetzt im Gloria patri des Rofenkranzes die
Stelle et nunc et semper mit jetzt und allzeit, ältere Leute fagen
aber dafür ietst ond aλ-wäg (Hochton auf aλ).

Da, wie bemerkt, Hochton auf dem erften Komponenten das
regelmäßige ift, führe ich die Betonung nur an, wenn das Gegen=
teil der Fall ift.

4. Sandhi.

Wenn in J M. Wörter, z. B. in Kompositis, im zusammen=
hängenden Satze zusammenstoßen, oder wenn Endungen antreten,
so wirken mannigfache Sandhigesetze. Die Form, wie die einzelnen
Wörter, für sich genommen, aussehen, heißt Pada, diejenige, wie
sie im Zusammenhang mit einander, durch Sandhi verändert, lauten,
Samhita. So heißt placet in J M. kfaλt und mihi mer, aber
Samhita placet mihi heißt nicht kfaλt mer, sondern kfaλp mer.
Zeilen 5—8 des Nornenliedes nach der Version von Bero=Münster
lauten:

Pada.

di eršt špennt side,
di tswöit šnätslet χride,
di tret tued s tor uf,
ond lod di häilig sonne use.

Samhita.

di eršpennt side,
di tswöit šnätslek χride.
di tretuet s tor uf,-
ond loti häilik sonnen use.

Uebersetzung.

Die erste spinnt Seide,
Die zweite schnitzelt Kreide,
Die dritte tut das Tor auf
Und läßt die heilige (!) Sonne hinaus.

Winteler hat für die Kerenzer Mundart die Sandhigesetze ein=
läßlich erforscht, S. 129 ff. Dieselben gelten im Großen und
Ganzen auch für J M. Ich ziehe es daher vor, dieselben hier
nicht zu wiederholen, dafür aber führe ich, da sie doch sehr kom=
pliziert sind, vorkommenden Falls sowohl Pada als Samhita an,
z. B. Pada wet-frau Samhita wep-frau (wep-frauue) s. die Witwe.
Doch bieten gerade die Zischer in J M. einige Spezialitäten:

    a) s + s wird ss, os sorsi wird ossorsi aus Sursee.
    b) s + š wird šš, os šöpfe wird oššöpfe aus Schüpfheim.

c) So ergibt auch der Artikel s mit folgendem s ss und mit folgendem š šš, somit kann also auch in diesem Falle ein Wort mit Fortis anlauten, vgl. §. 2 III a. s + sepeli wird ssepeli (das) Josephinchen. s + šötse wird ššötse die Familie Schütz.

d) š + s bleiben, z. B. eš so ist es so? Ist jedoch das folgende Wort das inklinirende Pronomen s es oder si sie oder sich, so assimilirt sich sein s mit vorhergehendem š. Während es heißen muß kχönntš se it. conosci tu lei, lautet es dagegen kχönntši it. la conosci tu?

e) Vor den Zischlauten wandelt sich b, d, g in p, t, k, ebenso vor den Spiranten f und χ, so häilig + sonne wird häilik sonne.

f) nach p, t, k kann nur Lenis s und š stehen. So wird ts + sämmpeχχ zu tsämmpeχχ zu Sempach und kχönntš + si zu kχönntši. hoλts + šue wird hoλtšue m. der Holzschuh. Redensart ** Händ nid Sorg um alt Holzschue, s'gid si vorem sälber, d. h. kümmert euch nicht zum voraus um Dinge, die sicher eintreffen werden.

5. Etymologisches über die Laute von J M. mit Ausnahme der Zischer.

Ein kurzer Grundriß.

Nicht berücksichtigt sind hier die Vokale der schwachtonigen Prä- und Suffixe, über welche man §. 3 vergleichen möge.

Mhd. i erscheint in J M. als e oder e, je nachdem nach §. 21 Dehnung eintritt oder nicht, z. B. reg'λ m. der Riegel mhd. rigel; mer mir mhd. mir; regi (regene) f. mhd. rige, als Appellativ bedeutete es die Bandverzierung am Frauenrock der alten, jetzt verschwundenen Luzerner Tracht, als Proprium ist es der Name des bekannten Berges, wegen der auffällig zu Tage tretenden Bänderbildung so genannt. Die beiden ältesten Schreibungen bieten den Plural an Riginen Gfd. 7, 193 und Gfd. 20, 189, beide Jahr 1385. Ueber die Pluralendung inen und den Abfall des nen vgl. die Suffixe in schweizerischen Ortsnamen von J. L. Brandstetter Gfd. Band 27. Ferner tekχ (tekχer) mhd. dick, bedeutet dick und dicht, bei Häfliger und Jneichen noch „oft" mhd. dicke, nlb.

dikwijls. Ineichen: ** Z'Neisele bin i dick und vil, und sövel z'Wärtestei.

Mhd. î ist J M. auch i. χib m. mhd. kîp; grine mhd, grinen, selten mehr gehört, doch findet es sich auch noch im Kinderlied ** d'Sune schint, s'Vögeli grint, es hocket ufem Lade, es wot goge bade.

Mhd. ë erscheint als ä und ä, z. B. štärbe (kštorbe) mhd. stërben; ferläχχne (ferläχχnet) verdursten zu mhd. lëchen.

Mhd. e erscheint bald als e (e), bald als ä (ä), ohne daß man bestimmte Gesetze der Vertretung auffinden kann. Nur so viel steht fest, erstens: vor der Endung er mhd. er kann in der Wurzel nur e (e) sein, z. B. reder die Räder; beder die Bäder; lemer mehr lahm; šweχχer schwächer u. s. w.; zweitens: vor Nasal + Explosiv kann nur ä stehen, z. B. änndi u. das Ende; träŋŋkχe tränken; grämmpler mhd. grempler; dieses Gesetz gilt auch für Frembwörter, wändeline der Fächer (Hochton auf li) f. it. ventolina; asšträntse f. Astrantia major; em kχondenännt (Hochton auf nännt) sogleich fr. incontinent; das in ist umgedeutet zu em (in dem), als ob kχondenännt ein Substantiv wäre. Drittens: wo sich die beiden Fälle kreuzen, wird bald ä, bald e Meister, z. B. äŋŋ enge Komp. äŋŋer, aber läŋŋ lang Komp. leŋŋer. In andern Fällen läßt sich keine Norm erkennen, has hat im Dem. häsli; gras gresli; fass hat sowohl fessli als fässli; hafe hat häfeli das kleine Geschirr; das Kompositum häfeli-trägete, wörtlich Geschirrtragung, bedeutet Picknick, wohl, weil jeder seinen Teil in einem häfeli mitbrachte. Diese Sitte kannte man besonders in Bero-Münster, sie hat aber schon seit 30 Jahren aufgehört, und so wird auch das Wort, das der jüngern Generation bereits nicht mehr geläufig ist, aussterben.

Der mhd. Diphthong ei tritt in J M. als äi auf. χläid (χläider) n. mhd. kleit; bäit m. mhd. beite f. Kindern verspricht man scherzweise ** es guldigs Nüteli und e lange beit dra.

Mhd. klein bewahrt in einigen al. Mundarten den Diphthongen, in andern tritt es als χli auf; vgl. Seiler 56, Hunziker 149. J M. besitzt beide Formen, χläi jedoch nur in χläinod (χläinöter) u. die auf der Brust getragenen Rosetten, Medaillons, Kreuzlein der alten Luzernertracht. Man hat keinen Grund, anzunehmen, dieses Wort sei aus dem Schriftdeutschen entlehnt, χ und der selbständige Plural sprechen dagegen.

Mhd. ê erscheint in J M. als e. lere (klert) lehren unb
lernen, wie mhd. lêren unb nlb. leeren; χere (kχert) mhd. kêren.*
Rebensart ** I wett nid d'Hand drum chere, es ist mir ganz
gleichgültig, es kommt auf eins heraus.

Mhd. a tritt in J M. als a unb als a auf. hale f. ahd.
hala; nar (nare) m. mhd. narre; wadᶜλ (wädᶜλ) m. ber Weihwebel,
ber Schweif. Letztere Bebeutung ist nur noch erhalten in ber Wit=
terungsregel ** De Horner god i miteme hörnege Schnabel und
god us miteme guldege Wadel ber Februar geht ein mit einem
Schnabel von Horn unb geht aus mit einem Schweif von Golb.

Mhd. â ist in J M. vertreten burch o. mon (mön) m. mhd. mâne.

Mhd. ae erscheint als ö, wenn in ber gleichen Sippe baneben
ein Wort mit o mhd. â vorkommt, bagegen als ä, wenn kein solches
ba ist. So heißt es šöfli n. bas Schäfchen, bagegen i näm, benn
neben ersterem steht šof n. bas Schaf, neben i näm bagegen keine
Form mit o, indem bas Prät. mhd. wir nâmen verschwunden ist.

Mhd. o ist vertreten burch o unb o šoχχe (kšoχχet) bas
noch nicht zum Einheimsen bereite Heu in Haufen zusammentragen,
um es vor Regen, Tau zu schützen, zu mhd. schochen; woλ
(wöler) mhd. wol.

In mehreren Fällen ergibt o langes u, wovon später.

Mhd. ou wandelt sich in au. gaukle (kauklet) schäfern mhd.
goukeln; baum (böim) m. mhd. boum; baum-tropfe m. Aego-
podium Podagraria.

Mhd. ô erscheint als o. rot (röter) mhd. rôt.

Mhd. ö wird ö unb ö. χöλtš m. mhd. kölsch; χöλbli n.
Dem. zu mhd. kolbe, bebeutet aber Papaver somniferum; kχöχ n.
bas Kochen.

Mhd. oe erscheint als ö. šön (šöner) mhd. schoene.

Mhd. u wird o unb o. bronne (brönne) m. mhd. brunne;
moger (mogere) m. bie kleine, runbliche, bicke Person, Schmeller
mugel von runber Form.

Mhd. uo erscheint als ue. mueter (müetere) f. bie Mutter.

Zu Mhd. u stellt unsere Mundart ebenfalls u. hus (hüser) n.
mhd. hus.

Mhd. iu erscheint in J M. als ü, ie als ie. i früre mhd.
ich vriuse, friesʹλ m. mhd. vriesen. ofertürig (ofertüreger) un=
sinnig mhd. aventiurec.

Mhd. ü zeigt sich in J M. als ö. möt n. mhd. müt. Das Geschrei der Wildtaube ahmt nach das Kinderliedchen ** Ruedi — wo wit hi — uf Sursi — was mache — Erbs chaufe — wie vil — Mütt.

Mhd. üe ist in J M. ebenfalls üe. rüere (krüert) werfen mhd. rüeren. ** I wet's nid z'wit rüere die Vermutung dürfte richtig sein; brüederle (prüederlet) nach schweißigen Kleidern, dumpfigem Zeug riechen. Dieses Wort setzt ein * bruod voraus, das sich zu mhd. bradem verhält, wie mhd. buost zu bast, huon zu hane, wüeste zu waste.

Anmerkung 1. Kurze i, u, ü sind in J M. selten. Sie finden sich in füli n. das Fohlen, wofür Leerau föli sagt, in der Komposition, in Fremdwörtern, in Pronominibus, in den Diph=thongen ie, ue, üe und in den meisten Wörtern, die nur der Kindersprache eigen sind. Diese letzteren sind busi n. das Kätzchen, zu vergleichen mit nlb. poes; buli n. das Huhn; bubi n. das Licht; gukus! sieh mich, hasche mich; büsi n. Nebenform zu busi, vgl. §. 25; büli Nebenform zu buli; gibeli n. das Zicklein; bibi n. der Schmerz; die ferneren Wörter der Kindersprache sind: mämm und mämmi n. Getränk; häli n. Lämmchen, Bonbon; häsi n. Schweinchen; tädä neben täte m. der Papa; lobi n. die Kuh; dodi neben dedi n. der Hund; ai, autši und äitši n. Kot. Ana=loge Erscheinungen in andern Sprachen, z. B. lat. mamma, skr. tâta sind bekannt. Vgl. noch obiges gigampfe u. s. w. §. 3.

Anmerkung 2. Der Wandel von î, û, iu in ei, ou, öi ist in der Einleitung erwähnt.

Anmerkung 3. Es wurde angeführt, daß mhd. e, o, ö zu e (ä), o, ö gedehnt werden, falls überhaupt Dehnung eintritt. Ge=schieht jedoch die Dehnung durch r, so ist das Produkt e, o, ö, z. B. were (kwert) abwehren mhd. wern; wort (wörter) n. mhd. wort; χörbli n. mhd. körbelîn.

Anmerkung 4. Das o in romanischen Wörtern erscheint, falls ein Nasal darauf folgt, als o. kχonnte (kχönnte) m. der Konto; goni (gomene) m. der Commis; fasoηη (Hochton auf soηη) f. frz. façon; roηηk der Luzerner Familienname Ronka; nondedie (Hochton auf die) Fluchwort frz. nom de Dieu.

Anmerkung 5. Weiteres über Vokale siehe namentlich §§. 19, 20, 21, 23.

6. Fortſetzung.

Der mhd. Liquiba r entſpricht in J M. ebenfalls r. räin (räiner) dünn, fein mhd. reine, die Bedeutung differirt etwas; marterli Adv. entſeklich, nur in der Phraſe Paba de ſreit marterli, Samhita de šreip marterli. Wahrſcheinlich geht dieſes Wort nicht auf mhd. diu marter zurück, ſondern wohl auf der marder, wenigſtens ſagt man auch de šreit we ne marter, we ne taχχ-marter; trüegle ſ. Stabgefüge, das man dem Kleinvieh um den Hals hängt, damit es nicht durch Hecken ſchlüpfen kann. Im Landrecht von Entlebuch vom Jahr 1491, abgedruckt in der Zeitſchrift für ſchwei=zeriſches Recht Jahr 1882, (dieſes Landrecht war allerdings für anderes Dialektgebiet beſtimmt, allein es ging doch von der Luzerner Regierung aus, und ſeine Sprache weicht von derjenigen der luzer=neriſchen Denkmäler dieſer Zeit nicht ab, daher glaube ich, es un=bedenklich benuken zu dürfen) heißt es S. 353 wer genss hett, der sol sy trüglen und beschroten, und wo sy nit trüglet und beschrotet sind, und ein schaden tund, so mag einer die gens nen.

r fällt in mehreren vereinzelten Beiſpielen nach dem Wurzel=vokal aus, beſonders vor Dentalis und Ziſchlaut: häper (häpere) m. die Kartoffel mhd. hërd + bire, der Plural lautet auch häpere mit ſchwachtonigem e ſtatt tieftonigem e; det mhd. dërt; nödlegen strömmpf Nördlinger Strümpfe, ein jetzt ausſterbendes Wort, da die Mode, ſolche zu tragen, verſchwunden iſt; ammbräſt n. die Armbruſt. Eine Urkunde aus Luzern vom Jahre 1436 Gſd. 13, 149 bietet ſchon die Form ambrest; wäχtig (tig ſchwachtonig) neben wärχtig (wärχtege) m. der Werktag u. ſ. w. Umgekehrt tritt in vielen Fällen r auf, wo das Mhd. keines hat. törrn n. die Tenne; fergärbe Adv. gratis mhd. vergëben; hχarnali fr. la canaille; u. ſ. w.

Mhd. rr wird in J M. zu Lenis r. χare (χäre) m. mhd. karre pfarei (pfareie, Hochton auf rei) die Pfarre, zu mhd. pharre.

1. Mhd. l bleibt in J M. als l, wenn 'm oder ein Vokal darauf folgt, gleichgültig, ob dieſer letztere dem gleichen Worte oder als Anlaut einem folgenden angehöre. lannd mhd. lant; möile

(kmöilet) flennen, ſchmollen, Schmeller meucheln; welʼm welchem? dor s tal uf durchs Tal hinauf. Sonſt wird l ſtets zu λ. taλ (teler) u. mhd. tal; möiλ m. das ſchmollende Geſicht; holts (höλtser) u. mhd. holz. Nebensart ** dʼr iſch faltſch wi Galge-holz; dor s taλ dore durch das Tal hindurch.

Wie obiges r fällt auch l weg, jedoch nur in wenig Fällen, nämlich khoffe neben khoλffe geholfen; χommer-au Ortsname Kul=merau, im Liber Camere 116 Cvlembrouwe und χom im Liber Camere 107 Culembe, jetzt geſchrieben Kulm. äis mos ſiehe §. 30; wot und ſot, wolte und ſolte; welig wie beſchaffen, aus weλ welch abgeleitet, wie was-förtig (Hochton auf för) wie beſchaffen, aus was-för was für. Einſchub von l (λ) ſcheint nicht vorzukommen.

Mhd. ll wird λ und, falls noch ein Vokal folgt, zu λλ. faλ (fäλ) m. mhd. val valles; heλ f. mhd. helle; bäλλe (poλλe ober päλλet) mhd. bëllen.

Mhd. m iſt auch in J M. m. mueme f. mhd. muome, be-deutet aber in J M. nur Betſchweſter, dazu das Verbum mueme (kmuemet) die Betſchweſter ſpielen.

Mhd. mm hat auch in J M. mm zur Seite. hamme f. der Schinken mhd. hamme.

Mhd. mb wird in einigen Fällen zu mm. tomm (tömmer) mhd. tump; lamm u. mhd. lamp, lambes; ſtomm (ſtömm) Subſt. u. Einer, der ſtumm iſt, mhd. stump. Vgl. folgendes ηη.

Mhd. n iſt in J M. ebenfalls n, am Ende eines Wortes kann es abfallen, aus allen Präfixen und Suffixen ſchwindet es. Mhd. nn iſt in J M. ebenfalls nn; brun (brüner) mhd. brûn; wi m. mhd. wîn; rönne mhd. rennen. Fälle wie tore für torn, χäre für χärn u. ſ. w., vgl. Stickelberger 12, finden ſich in J M. nicht; einzig Nürnberg wird nöre-bärg geſprochen.

Gerade wie obige vereinzelte mb zu mm geworden, ſo wird jedes mhd. ng (nc im Auslaut) zu ηη. seηηe (ksoηηe) ſingen; ioηη (iöηηer) jung. Dann entſpricht dem mhd. geſchriebenen n in nk (nc) in J M. ebenfalls ein ηη. χraηηkχ (χreηηkχer) mhd. kranc, krenker. Lenis η findet ſich nur in den wenigen Fällen, wo ein langer Vokal oder Diphthong vorhergeht, z. gieη ginge; Trieηge, Ortsname Trien=gen 1261 domine de Tringen. Urkunde im Staatsarchiv Luzern.

Die Lautverbindung ηg findet ſich nur in folgenden Fällen: in obigem trieηge; χöηηg (χöηηge) m. der König; hoηηg u.

der Honig; χäηngete seltener neben χäηnete s. Viburnum Lantana, wohl zu Kengel des deutschen Wörterbuchs (D W B.) zu stellen; das früher erwähnte roηgoηngele; mäηnge m. mancher, während das Neutrum mit seiner Endung s mäηs hat; gleηnglaηn Nach=ahmung des Glockentons; χöηngeli n. das Kaninchen, Josua Maaler 255 küngele; auch in A M. belegt. Leopold Cysat, „Beschreibung deß Berühmbten 4 Waldstätten Sees, getruckt zu Lucern bey David Hautten" 1661, sagt S. 184 Georgius Fabritius schreibt, dass diser Vogel nicht allein die Haasen, Füchs, Köngeli vnd junge Hindin angreiffe.

Nasale und Liquiden zeigen eine gewisse Art von Beweglichkeit, wechseln mit einander, ändern ihren Platz im Worte, wie das auch in andern Sprachen vorkommt, man vgl. skr. rohita und lohita. Die Fälle sind: Mhd. spanne erscheint in I M. als spaηn s. auch in A M. belegt; Wächter Gsb. 8, 227 das loch ist einer Elen tief vnd einer Spang witt; Seite 239 Die schaf So In Zipern sindt, die heind Schwäntz wol einer Spang breitt; Vier-walb. See. 94 Der Isling kombt mit seiner Grösse niemahlen vber ein Spang. Die Walbrebe heißt mhd. liele, Schmeller kennt eine Form Liene, I M. sagt umgekehrt niele s.; die Ortschaft Lieli Gsb. 6, 55 Jahr zirka 1300 Liela wird an Ort und Stelle selbst nieli gesprochen, während sonst im Kanton wohl durch Be-einflußung von Seite der heutigen Schreibung gewöhnlich lieli ge-hört wird. Der Name der Ortschaft Stefningen im weißen Buch 25 lautet heute štäflege. Der Ortsname Rönnimoos Gsb. 19, 151 Jahr 1290 Rennenmose wird sowohl röni-mos als röλλi-mos ausgesprochen. Der Knoblauch heißt in I M. χnobleχχ (leχχ schwachtonig); und ähnlich heißt es statt χlob-loχtig χnob-loχtig wie ein Kloben, ein Klotz geartet, b. h. grob, roh. Schmellers müechteln erscheint in I M. als nüeχtele (knüeχtelet) nach Moder riechen. χräble (kχräblet) einen kratzen, daß es Kerbe in die Haut gibt, gehört doch wohl zu mhd. kerben; štörrχle (kštörrχlet) straucheln zu mhd. strücheln; Brand von St. Urban Gsb. 3, 182 das er von dem Stürchlen des Pfärdes gar noch einen bösen fal gelitten hette.

Mhd. j wird halbvokalisches i. ior n. mhd. jar; iurete s. mhd. jûchart.

Mhd. w bleibt im Anlaut, im Inlaut schwindet es oder wird

b, ebenſo im Auslaut; in Formen wie blâ, blâwes, phâ, phâwes wird es u. wennter m. mhd. winter; wäχχtene f. Haufen zuſammengewehten Schnees zu waejen; wäχχter m. wahtaere; häimeli-wäχχter war noch in dieſem Jahrhundert in Bero-Münſter Name der Geheimpolizei, die zur Nachtzeit fungirte; gäλ mhd. gël, gëlwes; dagegen horrb Name einer Ortſchaft in ſumpfiger Lage, Gfb. 1, 172 Jahr 1231 Horwe genannt, jetzt Horw geſchrieben zu mhd. hor, horwes; grau (grauuer) mhd. grâ, grâwes; ebenſo lau, blau, phau, šlau, rau, neben welchen, wenn auch etwas ſeltener, grai, lai u. ſ. w. einhergehen.

Mhd. vor dunkeln Vokalen anlautendes w zeigt in J M. eine eigentümliche Erſcheinung. In mehreren Einzelfällen weicht es in verſchiedene andere Laute aus. Mhd. winzec erſcheint in der Basler Mundart als wunzig, ein Vorgang, der mit got. wiko zu ahd. wucha zu vergleichen iſt, Seiler 319, daneben beſitzt Baſel auch die Nebenform munzig, und unſer J M. ſagt nur monntsig; Mhd. wuor erſcheint in J M. als muer (muere) n.; ahd. spinnwuppi als špenn-hope f. Die Ortsnamen Wetzwil und Gunzwil, im weißen Buch Gfb. 23, 242 Wetzwile und Gvntzwile werden geſprochen wetsb᾿λ und gonntsb᾿λ; der Ortsname Ruswil, Gfb. 20, 303 Jahr 1233 Ruswile heißt in J M. rusu᾿λ; mhd. hirn-wüetec erſcheint in J M. als herrn-müetig und findet ſich in dieſer Form auch in A M. häufig, ſo in den Amtsrechten von Habsburg Jahr 1590, Hitzkirch 1545, Kriens 1556 abgedruckt in der Zeitſchrift für ſchweizeriſches Recht 1882. Das von Habsburg bietet S. 373 Umb hirnmütigs veech: Das soll hinder sich gan nitt lenger dann ein Monadt; das von Hitzkirch S. 381 Wann einer dem anderen in disem ambt vich zue kaufen gibt, so erbliche Mängel an sich hette, als so faul, finnig, hirnmüthig. Im Amtsrecht von Kriens zwei Mal S. 423. Zu unſerm boššper (boššperer) lebhaft, munter bietet Schmeller wusper und musper.

Mhd. b hat in J M. ein b: bäite (päitet) mhd. beiten, oder ein p zur Seite: päχχλ m. mhd. bengel.

Mhd. p iſt in J M. als p repräſentirt. šüepe f. mhd. schuope.

Mhd. d erſcheint in J M. teils als d, teils als t. pfannd mhd. phant, phandes. Im Landrecht von Entlebuch heißt es S. 364 Korn Gärsten Haber etc. werdend by den Entlibucheren silberne pfand genambset; gleiche Seite gängige pfand das ist

Ross, Vech, Schaf, Geissen; wäd'λ ber Vollmond mhd. wadel
nur noch in der Phrase aλ nöi ond wäd'λ jeden Neumond und
Vollmond, das heißt „sehr häufig"; tole (tolet) mhd. doln. Altes
niwiht erscheint als nüd, dagegen in der Phrase ts nüte χo auf
nichts, an den Bettelstab kommen, steht t.

Mhd. t ist in J M. ebenfalls durch t vertreten. räite (kräitet)
mhd. (be) reiten aber in der eingeschränkten Bedeutung: Hanf mit
den Fingern brechen, schon in unserm ält. Stadtbuch S. 347 Vnd
swer hechlot oder reitet für Completzit hin vntz mornen dez
dc ez tag wirt, der . . .; öber-törrle (öber-törrlet, Hochton auf
törr) hinters Licht führen mhd. toeren.

Mhd. g. Während mhd. b bald durch b, bald durch p, mhd.
d bald durch d, bald durch t gegeben wird, erscheint mhd. g in
J M. nur als g, einzig die Vorsilbe mhd. ge lautet in J M. k,
und das ist der einzige Fall, wo in J M. k anlauten kann neben
dem Fremdwort kwärtli. garte (gärte) m. mhd. garte.

Got. k, mhd. k und ch (kaurn: korn, brikan: brëchen) er=
scheint in J M. regelrecht als Fortis χχ. Got. akrs ergibt in J. M.
aχχer (äχχer) m.; viko ergibt woχχe f.

Im Anlaut vereinfacht sich aber Fortis χχ zu χ nach §. 2 III.
χorrn (χörrner) n. got. kaurn das Korn, der Dinkel; nhd. knauwen
erscheint in J M. als χnausle. Nach langen Vokalen tritt χ für
ein zu erwartendes χχ ein, auch wenn die Länge erst in J M.
entstanden ist, und zwar gilt das in allen Fällen im Gegensatz zu
ff, vgl. unten. sieχ (sieχe) Subst. m., nur Schimpfwort got.
siuks; äiχ (äiχe) f. die Eiche nhd. eek; steχ m. got. stiks. Kalt=
schmidt S. 129 führt das Wort Stich auch in der Bedeutung von
Tausch an. Hiemit läßt sich vergleichen das Verbum verstechen
in A M. Das Hypotheken=Mandat vom Jahre 1669 (Luzerner
Mandata, Nro. H 137 und H 138 auf der Bürgerbibliothek, eine
kulturhistorisch sehr wichtige reiche Sammlung von Erlassen der Lu=
zerner Behörden vom 16.—18. Jahrhundert, Luxusverbote „Cleyder=
Reformationen", Militärreglemente, Zollverordnungen, Münzregle=
mente, teils Broschüren, teils fliegende Blätter; ich zitire nach Titel,
Datum und bei den Broschüren nach Seitenzahl) S. 1: wie auch zu
Zeiten beschehen, dass man entweder nur die Güter vertauschet,
die Zinsleut aber behaltet, oder aber nur die Zinsleut vertauscht
und die Güter behaltet, und also die Zinsgülten hin und her

verstochen werden; S. 2 wer in das künftig liegende Güter verkaufen, vertauschen oder wie es bey etlichen genennt wird, verstechen wollte, der sol . . .

maχχe (kmaχχt) nlb. maken hat im Imp. Sg., wo das χχ aus Ende des Wortes tritt, maχ, und von hieraus ist das χ in den ganzen Ind. u. Konj. gedrungen, jedoch so, daß die alten Formen mit χχ noch daneben laufen, also de maχχid und de maχid ihr macht.

Die drei Verben bräχχe (proχχe) got. brikan, stäχχe (kstoχχe) nlb. steken und ferspräχχe (fersproχχe) nlb. verspreken haben im Imp. Sg. steχ, breχ, ferspreχ mit Lenis. Diese Form ist aber nur in den Ind. Sg. eingedrungen: i breχe, de ferspreχist, und hat die Form mit χχ ganz verdrängt. In dem Pl. und Konj., die einen andern Vokal besitzen (ä, vgl. mhd. briche: brëchen) ist Lenis χ nicht eingedrungen im Gegensatz zu obigem maχχe, das aber stets den gleichen Vokal bewahrt. Es heißt nur me bräχχid. Vergleiche die ganz analogen Verhältnisse bei ss.

Aus got. k entstandenes χ fällt oft auch aus. kwölχ u. das Gewölk; dagegen wole-broχ (wole-bröχ) m. der Wolkenbruch; mäle (kmole) nlb. melken; wele nlb. welke; tsäie neben tsäiχe n. got. taikns.

Got. h im Anlaut ist in I M. h, im In= und Auslaut χ oder fällt weg. hus (hüser) u. got. hus; tsäni neben tsäχni got. taihun; höχ (höχer) got. hauhs.

Got. p, mhd. f und ff erscheint in I M. als Fortis ff. seff n. got. skip; hoffnig (hoffnege) f. die Hoffnung nlb. hoop. Im Gegensatz zu obigem χχ, aber in Uebereinstimmung mit ss und šš bleibt ff in vielen Fällen auch nach langen Vokalen. huffe (hüffe) m. der Haufen nlb. hoop. riff (riffer) nlb. rijp; töiff, in Malters tüff (tüffer) got. diups u. s. w.

Mehrere Wörter mit got. p haben dieses in f gewandelt, vgl. obiges χ aus χχ, und zwar:

f steht in mehreren Fällen nach langem Vokal, wenn das be= treffende Wort irgend eine Form besitzt, wo die labiale Spirans Auslaut wird. Es sind nur Substantive und Adjective, z. B. šlof, got. slêps.

In Wortsippen, wo die labiale Spirans in keiner Form ans Ende tritt, bleibt stets ff, so in obigem huffe; gauffele f. mhd. goufe; χüeffer zu lat. cupa u. s. w.

32

Wenn ein ursprünglich kurzer Vokal verlängert wird, so steht stets f statt ff. Es sind drei Fälle: räf u. der Tragekorb mhd. rëf (rëffes); gref m. der Griff mhd. grif, griffes; öber-trof m. der Ueberschuß zu nhd. trëffen.

Alle Verben mit ff nach langem Wurzelvokal haben im Imp. Sg., wo ff ans Ende zu stehen kommt, nur f, im ganzen Ind. und Konj., f neben ff, in andere Formen bringt f nicht vor. χauf kaufe, me χaufid, wir kaufen, neben me χauffid, aber Inf. nur χauffe. Ebenso grif, me grifid oder me griffid wir greifen. Es sind etwa ein Dutzend Fälle. Alle bewahren im Sg. und Pl. den gleichen Vokal.

träffe (troffe) mhd. trëffen hat im Imp. Sg. tref. Diese Form bringt auch in den Ind. Sing. ein und ist da allein herrschend; i trefe. In dem Plural mit seinem verschiedenen Vokal und in andere Zeitformen bringt f nicht ein, vgl. oben štäχχe.

Das Verbum häλffe, got. hilpan hat im Imp. und Ind. Sg. Lenis f. heλf, i heλfe, de heλfišt, de heλft. Die Form ist auch in den Pl. gedrungen, doch so, daß die Formen mit ff noch daneben laufen, ebenso im Konj. me hälfid und me häλffid wir helfen.

Es ist zu beachten, daß, wenn auch der Wurzelvokal im Sg. und Pl. verschieden ist (e und ä), doch in beiden Fällen vor der Spirans gleicherweise λ steht.

Ein Verbum * wärrffe got. vairpan existirt in J M. nicht, man sagt dafür rüere.

Got. f ist J M. f. fare (kfare) got. faran; fülereχχ der Fäulerich d. h. der Faulpelz zu got. fuls.

Ich habe die Spiranten f und χ so ausführlich behandelt, weil ganz analoge Erscheinungen bei ss und šš wiederkehren werden.

Die Lautverbindung kχ geht zurück auf got. kj. rekχe (krekχt) got. rakjan. Besonders zu merken sind bröikχe (pröikχt) mhd. berouchen; šläikχe (kšläikχt) mhd. sleichen; bläikχe (pläikχt) mhd. bleichen. Vgl §. 24 II.

Statt kh hört man vielfach auch die Aussprache kχ, z. B. khört oder kχört gehört.

Mit c anlautende Fremdwörter haben in J M. für jenes c ein χ, wenn der Akzent in J M. auf der ersten Silbe ruht, kχ, wenn auf einer folgenden. χriesi n. lat. cerasus; χapele (Hochton auf χa, pe und le schwachtonig) f. die Kapelle; dagegen kχaplou (Hochton auf plon) m. der Kaplan. Es sind etwa hundert Fälle. Bloß ein halbes Dutzend fügen sich dieser Norm nicht, so obiges kχonnte und gomi, später folgendes kwärtli und guräsi.

I M. pf entspricht mhd. pf (ph) und got. pj. Ueber šläipfe (kšläipft) mhd. sleifen; šträipfe (kšträipft) mhd. streifen; štraupfe (kštraupft) mhd. stroufen, vgl. §. 24 II.

7. Etymologisches über Lenis s.

I. Lenis s entspricht mhd. vor Vokalen anlautendem s.

süri f. mhd. siure die Säure.

süre f. mhd. siure die Krätzmilbe.

sännti geschrieben Sänti, mehrfach vorkommender Name für Gehöfte in sumpfiger Lage zu ahd. semida.

fersole (fersolet) betrügen, hinters Licht führen zu ahd. solôn beschmutzen, ganz ähnliche Metapher, wie pšisse (pšesse) und a-šmere (a-kšmeret), die ja auch ursprünglich beschmutzen bedeuten, mhd. beschiʒen und smirwen. Jenes wird auch mhd. und im Reineke Vos 1526 im gleichen übertragenen Sinne gebraucht.

A M. seigel die Stufe, der Tritt, soll laut gef. Mitteilung jetzt noch hie und da gehört werden als säigᴸ Hühnerstange. Wächter Gsb. 8, 215: Demnach furt man vns vff eine steine stägen mit vil breitten stafflen vnd vff dem obristen Seigel, da sachent wir In den platz, da stund der Tempel Solomons vff dem platz enmitten vnd darfft nieman vber den obristen seigel komen. Salat 148 Da funde er stegen, werend zehen stapfel oder segel hoch.

seᴸ (sele) f. Seele; di arme sele oder di liebe sele die Seelen im Fegefeuer; mi seᴸ oder miner seᴸ Fluchformel, um sie zu milʒ dern, als miner seχt gesprochen, wie sakχerštrännts (Hochton auf štrännts) statt sakχermännt, χäper statt χätser, tütš'ᴸ statt tüfᴸ, ferfluemet statt ferflueχt.

sakχ-ur (sakχ-ure) f. die Taschenuhr; fersakχ-ure (fersakχ-uret) ruiniren, eine sonderbare Bildung, die wohl einem Witz ihre Entstehung verdankt, zu vergleichen mit dem nicht minder kuriosen ferbauuele (ferbauuelet) verbaumwollen (bauuele = Baumwolle, el schwachtonig) d. h. im Spiel gänzlich überwinden ** s'hede verbauuelet er ist gestorben.

södere mit der Nebenform sodere (ksöderet und ksoderet) sieben unter hörbarem Brausen. Die erstere Form entspricht einem * sudirôn, die zweite einem * sodarôn. Aehnlich stehen neben einander blödere (plöderet) und blodere (ploderet) plaudern.

A M. gsöd, gsödli das Lumpengesindel. Beim Verlornen Sohn Vers 650 und 1943.

ksе sehen. Redensart ** hesch mer e niene g'seh rasch wie der Blitz, im Nu. Einst und Jetzt: ** Do fohd's a laufe meh und meh und furt isch, hesch mer's niene gseh.

suter Geschlechtsname, geschrieben Suter, mhd. sûtaere.

senne sinnen mit den Kompositis p—, er—, noχe—, us—, hennder-senne teils stark, teils schwach, wie auch mhd. ein starkes und ein schwaches sinnen neben einander laufen.; psenne, noχe-senne und us-senne besinnen, nachsinnen, aussinnen sind nur stark; das einfache senne ist stark mit Ausnahme der Form oχηksennet unvermutet; hender-senne (Hochton auf senne) ist nur schwach mit dem Part. hendersennet in Folge eines Unglückes wahnsinnig werden; ersenne ist stark. Nur in der Phrase ** de hed de Hunger ersinnet, womit man einen bezeichnet, der mit tüchtigem Appetit gesegnet ist, wird das Part. schwach gebildet.

sope f. die Suppe. Redensarten ** Us de sibete Suppen es Tünkli bezeichnet die ferne Verwandtschaft; ** O Jere Mareie, ha d'Suppe lo g'heie Ausruf, wenn man etwas Ungeschicktes begangen hat; ** As Gott erbarm, sibe Suppe und keni warm komischer Ausdruck des Bedauerns.

II. s vertritt mhd. s im Inlaut, so oft im betreffenden Wort ursprünglich keine Explosiva unmittelbar folgte.

hus (hüser) n. das Haus; hüseli n. das Häuschen; hüsli n. der Abtritt. Redensart ** der ist zum Hüsli (nicht Hüseli) us er ist überspannt, halb wahnsinnig.

χres n. Tannreisig. ält. Stadtbuch 341 Vnd swer dehein rekolteren oder kris brennet in der Stat, der . . . Landrecht von Entlebuch S. 349 Haben wir zu lantzrecht gesetzt, dz niemen dem andern durch sine güter varen sond weder mit holz noch kriss.

löse (klöst) lösen; dagegen losig (losege) f. der Erlös, eigent-lich Lösung, ohne Umlaut, gerade wie rösste (krösstet) rüsten neben dem Substantiv rosstig (rosstege) die Rüstung d. h. der

Plunder; ab-löse ablösen; ab-losig eine Pietà, dann κατ᾽ ἐξοχήν
die unter dem Landvolk wohlbekannte Pietà in der Stiftskirche von
Vero-Münster.

A M. tösen. Wächter zählt 201 die guten Weine von Rhodos
auf und fügt am Ende bei: da wer gut tösen. Stalders Jdiotikon
1, 292 führt ein döselen lange bei Tische sitzen an. Im ver=
lornen Sohn Vers 385 So so da lass mich söslen mit, keinr
meistern noch vögten darf ich nit kann man mit söslen nichts
anfangen und Bächtold vermutet, es sei ein Fehler des ersten
Druckes; soll man dafür nicht töslen setzen?

gles n. Spalt; Vierwald. See S. 131 In diser vorge-
melten rothen Steinwand ist ein gross gläss oder Spalt.
** de Chäs hed gles der Käse hat kleine Spalten, fällt leicht
aus einander.

ios (iose) m. der Schellenbube im Kaiserspiel.

ris. Siehe folgenden §.

grüsli (grüsleger) mhd. griuslich, als Adv. gerne zur Steige=
rung verwendet. Häfliger: ** Sust chan en iedere Frönde met eus
cho lustig si, ist är nur braf, me lönd e gar grüsli gärn derbi.

gosle (koslet) herabfallen machen; zu diesem Verbum gehört
das mhd. güsel Abfall beim Dreschen.

feserle (kfeserlet) mit lauter Haarstrichen schreiben zu mhd
visel die Faser.

mus (mŭs) f. die Maus; si müse (kmŭset) sich bucken, viele
Schwierigkeiten verursachen.

nesi n. Koseform für Agnes, dann bezeichnet es eine furchtsame
Person. Aehnlich ioki m. Jakob und immer klagender Mensch;
brosi m. Ambrosius und wohlbeleibter Patron; tori f., wofür
Leerau trini (Katharina) sagt, Dorothea und eine in etwas ver=
narrte Person, blueme-tori, χatse-tori; babi n. Barbara und der
ungeschickte Mensch. Ferner meχχˊλ m. Michael und im Kompo=
situm tšoli-meχχˊλ Dummkopf; stöffˊλ m. Christoph und als stöffˊλ
oder mit angehängter und zweifelsohne aus der Kirchensprache her=
geholter Endung stöffˊλ-loromm (Hochton auf lo) der ungeschickte
Mensch; lodi m. Ludwig und in den Kompositis söi-lodi und
suf-lodi Schweinekerl und Säufer.

Von nesi und ioki sind die beiden Verben nese und iokle
(kneset und kioklet) abgeleitet, welche die Handlungsweise eines

nesi, eines ioki bezeichnen, vgl. joggen! Leyer 1, 1482 Mitte, von iokle ist wieder die höchst auffällige Bildung iokeluner (Hoch= ton auf lu) m. abgeleitet, gleichbedeutend mit ioki.

Ueber das i als Deminutivexponent bei Personennamen vgl. Stark, Kosenamen, S. 53.

8. Die Sippe ris.

Die Wurzel ris bedeutet auf germanischem Boden sowohl steigen als fallen. Beowulf âris rîces veard, Notker Noch sîn loub ne rîset.

In I M. sind beide Bedeutungen da.

1. Der Begriff fallen liegt in I M. resi (resene) f. Erdschlipf, Schutthalbe; A M. in der Schilderung des Erdbebens von Luzern 1601 von Renward Cysat, abgedruckt im Gfd. Band 3. S. 108 die grusame Rise und Bergfall an dem Bürgenberg; S. 112 diese Rise hat zwar Schaden und Schrecken aber ouch nutz gebracht, wegen des Holzens wyl dise ungestümmigkeit ganze wäld hinweggestossen.

A M. loubrise, Laubabfall, Herbst. Unsere Weistümer rechnen nach Herbsten, wie anderswo auf deutschem Sprachgebiet nach Win= tern gerechnet wird, Beowulf gebâd vintra vorn, aer he on veg hwurfe. Im Hofrecht von Bärtischwil Jahr 1450, abgedruckt in der Zeitschrift für schweizerisches Recht 1882 heißt es S. 334 Welher ouch hett ein gut nün Jar vnd 10 louprisen vnangesprochen, dem sol es nieman angewinnen; Amtsrecht von Meri= schwand 1589 abgedruckt in der gleichen Zeitschrift S. 452 nün Jar unnd Zechen Laubrisinnen; Rodel der Probstei Gfd. 38, 13. ist es aber drü loubris nicht verzinst, ez ist lidig dem gotzhuse.

a-res bedeutet in der Basler Mundart Seiler, S. 16, Recht des Ueberfalles von Obst, und ist in dieser Bedeutung auch in A M. vertreten. Das Amtsrecht von Malters vom Jahr 1597, abgedruckt in obiger Zeitschrift, bringt S. 446 Wir hand ouch für amptrecht uf uns genommen vmb anriss und kriesiten, was für obs von böumen von einem andern gut einem andern uf das syn überhin falt, es risse oder werde geschüttet, das sol ouch demselbigen für das syn bliben. Ebenso im Amtsrecht von Kriens vom Jahre 1556 S. 422 der gleichen Zeitschrift; die Bedeutung

von a-res in J M. ist abweichend, dürfte aber doch auf A M.
anriss basiren, indem beiden der Mittelbegriff Grenze eigen ist. Es
bedeutet nämlich J M. Waldbrand.

res᾽λ m. die Graupeln, dazu das Verbum resle (kreslet).
Zu ahd. lidan gehört das Subst. ahd. leist. Aehnlich bildet
unsere Mundart aus risan ein * räišt, das sich findet in räišti
(räištene) f. und räište (kräištet). räišti ist eine natürliche oder
künstliche Bahn in den Gebirgen, auf der man, zumal im Winter,
Holz heruntergleiten läßt. räište bedeutet Holz auf solche Weise
heruntergleiten lassen.

II. Der Begriff des Steigens liegt in räise (kräiset) etwas
gerade aufstehen machen, dann überhaupt zurecht machen, anordnen,
auch in A M. oft belegt. Salat 40 Vor etwas ziten sol in
Bernbieten ein kätzerschuol gsin sin da was ein katz ingryst
und wer . . . Salat 185 Und alle die sins glich hand ghandlet,
sind den ruchen weg der verderbung gwandlet, und hat's gott
bsalt mit glichen reisen (hier Subst. reise Anordnung, in J M.
nicht erhalten); Pestbüchlein 3 So haben wir für vnss genommen
diss wercklin ze reisen nach vnserer anheimbscher sachen be-
schaffenheit; räis (räise) f. die Reise.

III. Ganz an der Grenze des Gebietes unserer Mundart liegt
eine Oertlichkeit geschrieben Reistegg, gesprochen räišt-ek (Hochton auf
ek). ek ist sehr oft vorkommende Bezeichnung für Hügel. Es läge nun
sehr nahe, dieses Reistegg als Hügel zu erklären, über den Holz „ge-
reistet" wird. Dem widerspricht die alte Schreibung. Im Luzerner
Kantonsblatt 1872 S. 217 ist ein Schriftstück vom Jahre 1788
abgedruckt, da heißt es: auch die Alpp und Sömmerung Eustegg
im Kirchgang Malters. Item auf der Eustegg und Lutersarnen
jährlich 4 Gld., gibt di Eustegg 2 Gl. und Lutersarnen 2 Gl.
Es wurde das r des Artikels zum Subst. gezogen und, wahrschein=
lich durch Anlehnung an räište, öi in äi gewandelt. Einen ganz
ähnlichen Vorgang haben wir beim Ortsnamen mäi-huse (Hochton
auf hu) Maihausen. Die ältere Schreibung lautet durchweg zem
Einhus. Im weißen Buch Gfd. 23, 240 und 241 zem Einhus,
Urkunde aus Bero=Münster Jahr 1510 Gfd. 10, 49 zum Einhus,
jetzt mit Verwachsung des m mäi-huse.

Daß Eust = got. avistr, ist bekannt.

38

9. Etymologisches über Fortis ss.

I. Fórtis ss entspricht mhd. ss in allen Fällen, die aber nicht sehr zahlreich sind.

χössi n. mhd. küssîn.

Paba bronn-χresseχχ Samhita broηη-χresseχχ m. mhd. krësse. Die schwachtonige Endung eχχ findet sich auch in tsäλλereχχ m. Sellerie und ist von Pflanzennamen wie wägereχχ m. mhd. wëgerîch, von Sprachgeist für wäger-eχχ angesehen, übertragen.

ross (rösser) n. mhd. ros, rosses; Dem. rössli; das Kompositum hü-rösseli wird in der Kinder- und humoristischen Sprache gebraucht; laut Tradition war in der golbenen Zeit von Vero-Münster ** Hürösseli, Wimämmeli und Meiteli das Losungswort der frohen Jugend.

kwöss (kwösser) mhd. gewis.

χösse küssen, nur in der Phrase weder χöss mi no läkχ mi ohne ein Wort des Dankes, der Freudenbezeugung zu sagen. ** Der ist furt g'gange weder chüss mi no läck mi.

II. ss ist der regelrechte Vertreter von mhd. ʒʒ. Die Fälle sind zahlreich, z. B.:

wasser n. mhd. waʒʒer.

nessi f. mhd. neʒʒe.

nessle f. mhd. neʒʒel.

A M. düssel. Vierwald. See 52 das todtne Hecht auff dem Wasser gefunden worden, welche Hörner oder Düssel auff dem Kopff gehabt vnnd mutmassentlich an solcher Seuche gestorben seyn müessen. S. 55 Düssel vnd Trüessen. Stalber 1, 33 sagt Düssel Auswuchs, Verhärtung an Backen unb andern Teilen des Körpers.

III. ss repräsentirt mhd. ʒ.

bloss Dem. blösseli mhd. blôʒ.

gross (grösser) mhd. grôʒ.

puess (puesse) f. mhd. buoʒe.

tuss (tusse) Subst. m. zu mhd. tûʒ still, heimtückisch. Es kommt vor als tuss die Person im Kaiserspiel, welche ihre Karten nicht zeigt, ferner im Kompositum häimli-tuss m. der heimtückische

Menſch, drittens als Nomen Aktionis in der Phraſe of e tuss gͻ einem auflauern. In der Jagdverordnung vom Jahre 1771 S. 7 heißt es: Dem Gewild auf dem Duss abpassen, Haasenstrick, Kloben, Gift zu legen solle zu allen Zeiten verbotten seyn. tüssele (tüsselet) leiſe gehen.

nase-püssi n. Naſenſtüber zu mhd. biuzen.

 štusse (kštusset) ſtimmt nach Bedeutung und Form genau mit nld. stuiten.

gäiss (gäisse) f. die Ziege mhd. geiz. Als früher Bero-Münſter noch Bäder beſaß, wurde die Badezeit ausgerufen durch ** Giri giri Geiss, Euses bad ist heiss, wär will bade, ist fründli ig'lade. Hunziker erwähnt ein anderes Liedchen mit ganz gleichem Eingang, S. 228.

štrüssete f. Kampf zu mhd. strûz.

kχnuss (kχnusse) m. grober Kerl mhd. * geknûz zu knûz.

ruess m. mhd. ruoz. In A M. iſt ruessige Rafen häufiger epiſcher Ausbruck für das Innere des Hauſes, z. B. im Hofrecht von Ebikon Jahr 1424 abgedruckt in der Zeitſchrift für ſchweizeriſches Recht 1882 S. 336. Vberlüff ouch yeman den andren in sinen hüsren vnder russigen rafen der sol das bessren.

IV. In einigen Subſtantiven, wo mhd. z nach langem Vokale und als Auslaut ſteht, iſt es zu s geworden, nämlich in

χräis m. mhd. kreiz.

šwäis m. mhd. sweiz.

kšis n. mhd. * geschîze d. h. die vielen Umſtände.

kšmöis n. mhd. gesmeize.

mͻs f. mhd. mâze.

amm-bͻs (amm-bͻse) m. mhd. anebôz.

o-mues n. mhd. unmuoze.

štͻs ſiehe folgenden §.

kfräs n. das Geſicht mhd. gefraeze.

ksäs n. der Hintere mhd. gesaeze.

V. Mhd. muoz und weiz lauten in J M. mues und wäis, wäis behält Lenis s im ganzen Sg., die zweite Perſon hat übrigens weißt nach §. 11. Weiter bringt das s nicht, da alle andern Formen den ſehr differirenden Vokal ö haben, me wössid. mues hat das s ebenfalls nur im Sg., im Pl., der die durch Analogiebildung entſtandene Form müend hat, kann natürlich kein s vorkommen, dagegen ist Lenis s in den vokalisch nur durch Umlaut verschiedenen Konj. i mües, de müesišt eingebrungen und hier allein Meister.

Die Verben bisse beißen, šisse scheißen, risse reißen, šlisse schleißen, häisse heißen, štosse stoßen, šiesse schießen, pšlüsse schließen, flüsse durch Papier durchsickern, schwären haben im Imp. Sg., wo der Zischer ans Ende tritt, Lenis s, also bis, štos, im Imp. Pl. und im ganzen Inb. und Konj. laufen die Formen mit s und die mit ss neben einander, i šiese und i šiesse, me pšlüsid und me pšlüssid.

Die Verben ernüsse niesen, grosse groß werden, weisse win= seln, ome-pusse kränklich sein, štusse, püesse büßen, fäisse fett werden, göisse heulen, grüesse grüßen, štrosse eine Straße bauen, treisse ahd. trinisôn behalten die Fortis stets.

Anders sind die Verhältnisse bei ff, wo alle Verben behandelt werden, wie obiges štosse, risse.

Die Imp. von ässe, mässe, fergässe und frässe, essen, messen, vergessen und fressen lauten es, mes, ferges, fres. Die Lenis s bringt auch in den Inb. Sg. ein, i ese, in den Imp. Pl., Inb. Pl. und Konj. mit ihrem verschiedenen Vokal gelangt Lenis s nicht, es heißt nur mer ässid. Vgl. die ganz analogen Verhältnisse bei obigem träffe und štäχχe. Ueber ähnlich hindernde Wirkung bei Verschiedenheit des Vokalismus vgl. Paul, Prinzipien der Sprachgeschichte S. 108.

VI. Steht im Mhd. kurzer Vokal + z und tritt in Ꝫ M. Verlängerung ein, so erscheint z als s, nämlich in: bas mhd. baz; äs mhd. ëz; was mhd. waz; das mhd. daz; pšcs m. mhd. beschiz.

VII. In solchen Wörtern, wo z bei gar keiner Form ans Ende tritt, bleibt stets die Fortis wie in obigem štrüssete oder bosse f. Hanfbündel mhd. bôze. Nur in drei Fällen ist es auch hier zur Lenis geworden. kfräsig mhd. vraezec; äsig, wer gerne ißt, was sich gerne ißt, mhd. aezec mit den Kompositis on-äsig das Gegenteil von äsig und gröib-äsig leckerhaft (gröibe f. Speck= grieben gelten als Leckerbissen); mhd. wurmaezec erscheint dagegen als wormässig; muser m. mhd. mûze.

VIII. In drei Fällen erscheint ss, wo mhd. s steht.

* wäisse mhd. weise nur in den Kompositis wäisse-χend n. die Waise; wäisse-hus n. das Waisenhaus; wäissen-amt das Waisenamt.

ernüsse (ernosse) mhd. niesen.

horrli-puss (horrli-pusse) m. Leyer führt ein hurlebús an.
In I M. bedeutet horrli-puss Kreisel; in A M., in den alten
Hexenprozessen, ist es Name des Teufels, vgl. Lütolf Sagen 223,
Gfd. 23, 353 und 354; bei Hebel Statthalter 259 bezeichnete es
einen Donnerschlag. Das einfache Verbum I M. horrle (khorrlet)
bedeutet im Kreise herumrennen. horrli m. und auch horrli-puss
ist einer, der sich überschnell bewegt oder unüberlegt handelt.

IX. tess kenne ich nur aus Malters, im Kompositum marter-
tess (Hochton auf tess) m. der Quälgeist.

X. Mhd. messe hat drei Bedeutungen, Messe als Gottesdienst,
Jahrmarkt, Heiligenfest. Letztere Bedeutung findet sich bei uns nur
in A M. im frühen Mittelalter. Robel von Rathausen Gfd. 36,
270 an tomas mes; Probsteirobel Gfd. 38, 13 ze sant Johans
miz; Luzernerurkunde vom Jahr 1306, Gfd. 36, 283 an dem
Cistage vor vnser vrowen mes ze herbsten. Für die beiden
andern Bedeutungen hat das Wort sich differenzirt, mäss (mässe)
f. bedeutet den kirchlichen Akt, mäs (mäse) f. Jahrmarkt.

XI. Obiges was ist nur lang, wenn es im Satze nachdrücklich
hervorgehoben wird, sonst kurz, was; wass ist eine Frage des Un=
willens; wa siehe §. 14.

10. Die Sippe štos.

štosse (kštosse) bedeutet stoßen.

štos (štös) m. Stoß.

štos (štös) m., gewöhnlich als Dem. gebraucht: štösli n., Klei-
bungsstück in Aermelform, das den Vorderarm bedeckt. A M. in
der Kleiderreform von 1696 S. 9 Die Frawen der gemeinen
Burger und Handwerchsleuthen sollen keine überschleg an den
Hembdern und Stösslenen haben.

A M. Stoss der Zwist. Schilling 96 ward vast ein böser
Kib vnd grosser stoss daruss. Etterlin 176 al jr spänn vnd
stöss. Hofrecht von Ebikon Jahr 1424 in der Zeitschrift für
schweizerisches Recht 1882 S. 334 stösse vnd mishellung.

štos (štös) m. das gleiche, was belt-štos, siehe unten.

štos m. der Brei von Aepfeln, Kartoffeln, also das Zerſtoßene, das gleiche was štorm.

Stoss bei Stalder 2, 401 Anteil, den man für eine Kuh auf einer Alpe rechnet, man ſagt, die Alpe hat fünfzig Stöße, kann fünfzig Kühe ernähren. Hieher dürfte der Name des Heimweſens mäie-štos (Hochton auf štos) am Pilatus zu ziehen ſein.

kštös n. das Gedränge.

štosser m. Behikel, das geſtoßen wird und zum Ausführen von Jauche dient.

štössˋl m. Inſtrument zum Zerſtoßen, unbeholfener Menſch.

a-štösser m. der Grenznachbar.

A M. stössig im Zwiſt mit Jemand; kommt ſehr oft vor.

štössle (kštösslet) dumm und plump einhergehen.

štos-bäre f. Schiebkarren mit nur einem Rad.

Paba beλts+ štos Samhita beλt-štos (beλt-štös) m. der Muff; Kleiderreform von 1696 An Fürthüechern, Gürtlen, Halssbettenen, Beltz-Stössen und dergleichen solle aller überfluss in Seidenen Banden abgethan ſein.

11. Etymologiſches über Lenis š.

I. Lenis š entſpricht mhd. sch im Anlaut.

šekχ m. Glück, Glücksfall, Geſchicklichkeit zu mhd. schic. o-šekχ Pech, Ungeſchicklichkeit, auch in A M. beim Verlornen Sohn Vers 2127 Da will mich aber erschlichen ein Glück, He, ich mein, ich thu kein Unschick. „Freiheit“ ſpricht das, indem er ein Kleid gegen ein Stück Brod eintauſcht. fer-o-šekχe (fer-o-šekχet) verpfuſchen.

šödele oder tote-šödele f. bedeutet nicht Gebein im allge-meinen, ſondern Todtenſchädel, vgl. Lexer 2, 809.

šele (kšelet) mhd. schilhen. Der Schielende heißt šeli-beηkˋλ, vgl. nlb. pinken, engl. to pink?

šaχχe m. Gehölz, beſonders längs eines Fluſſes, mhd. schache.

kšäfft (kšäffte) n. das Geſchäft; frau kšäfftegi, auch gäli hieß die Brautführerin bei den feierlichen Hochzeiten, wie ſie vor dreißig Jahren noch üblich waren.

šäηηkχe (kšäηηkχt) ſelten im Sinne von ſchenken, wofür man ferere ſagt, ſondern in der Bedeutung von Strafe nachlaſſen. Kinbern broht man scherzweise ** Mues der d'Ohre lo und s'Läbe schänke.

šüχe (kšoχχe) starkes Verbum mhd. schiuhen. Es ist stark geworden unter Anlehnung an die schon ursprünglich starken rüχe (kroχχe) mhd. riechen und ome-χrüχe (ome-kχroχχe) mhd. kriechen. Auch in A M. mehrfach belegt, Salat 145 ouch ruom und eer hat er geschohen und geflohen; Vierwald. See 55 an etlichen wirdt gespürt gestanden Blut, welches von wenig Leuthen geschochen wirdt.

šärrme m. Schutz vor dem Regen mhd. schërm. Alliterirende Redensart Baba i šate ond šärrme Samhita i šaten ont šärrme gegen Sonne und Regen geschützt. Die Landjägerverordnung vom Jahre 1753 S. 1 sagt Der Land-Jäger soll mit Schatten, Schermen, Feur und Liecht, so ihme ein Baur gibt, zu friden seyn.

kšännde (kšännt) mhd. geschenden, aber in der Bedeutung von beschädigen. Amtsrecht von Kriens S. 424 jemand so eim zün, heg, getter, türli oder derglichen zerrissen, zerschlagen oder geschendt hat, der ... Und sole der, so biderben Lüten das ir also geschendt, zechen pfund bsalen. Salat 60 Item die hitz hat vil geschent in disem jar, namlich die windladen zerspellt.

šenn-huet (šenn-hüet) m. der Strohhut mit breiter Krämpe; Kleiderreform von 1732 eingefasste und mehr als zwanzig Batzen = werthige Schinne-Hüt.

II. Lenis š vertritt mhd. s im Anlaut, so oft kein Vokal darauf folgt.

šproχ (šproχe) f. die Sprache, das Französische; t šproχ lere das Französische lernen.

štökχli n. der ausgemauerte Teil in alten Bauernhäusern.

šwarte f. die Schwarte, das äußerste Brett eines Sägebaumes. Von einem Lügner sagt man ** de lügt, dass d'Schwarte chrachet.

štauff m. Bis 1853 herrschte in Bero-Münster die Sitte, daß jeder neu gewählte Chorherr ein bestimmtes Quantum Wein und Mehl seinen Kollegen schenken mußte, und dieses hieß štauff mhd. stouf Becher ohne Fuß, bestimmtes Maß.

A M. stelli, Vierwald. See 21 wie auch die Fisch vnderscheidenlich an geschlecht, also haben sie auch vnderschidenliche Wohnungen, stellinen, wie man's hie heisset.

šmökχe (kšmökχt) refl. ſich buden mhd. smücken; wird gerne mit bökχe (pökχt) büden verbunden. ** Schmück di und bück di, so chunst dur d'Wält.

šnadere (kšnaderet) ſchnattern, vor Froſt mit ben Zähnen flappern mhd. snateren.

šwadere (kšwaderet) im Waſſer ober in ſonſt etwas her= umfahren, ſo über das Waſſer hinfliegen, daß bie Flügel fort= während bie Oberfläche ſchlagen; bie beiden Bedeutungen gleicher= weiſe auch in A M. Bircher S. 98 Dise vnd andere dergleichen Wort predigte Antonius den Fischen, welche mit allen mög- lichsten Gebärden und neygen der Köpfen vnd schwattern im Wasser jhre Willigkeit erzeigten. Salat 291 Die schrift halbierend und nur ein teil daruss verfechtend, über das ander hinschwaderend und überhüpfend.

šwännte f. bie Drüſenanſchwellung. Laut Trabition hieß bie Peſt im 16. Jahrhundert šwännte-tod. Im Peſtbüchlein 26 heißt es ob glych woll sich die trüsen, schwenten, Büll oder blat- teren Carbunckel sich am anfang so bhänd nit erzeigtend, S. 33 Wie dann die Pestilentzischen gschwär, Schwenten, Blattern geartznet vnnd geheilet werden söllen.

štorm (štörm) m. ber Sturm, ber Brei aus Aepfeln, Kar= toffeln und dgl. Ein brittes Sturm findet ſich mehrfach in A M. Kleiderreform von 1732 S. 7 glatt Flörige Halss-Tücher doch ohne Sturm, ebenda: alle Halss-Tücher mit Sturm und Rätz- lein. Dieſes Sturm wird Verbrämung heißen, denn Stalber 2, 416 bringt ein Sturm Gebräm an einem Hute.

štäkχe m. mhd. stecke. Von einem unbeſtändigen Menſchen ſagt man ** De macht immer Stäckli uf Stäckli ab. Einem Unzufrie= benen ſagt man ** Steck e Stäcke derzue. Frauenzimmern macht man bas Kompliment ** Wenn eine d'Hüüt (Häute) vo sibe Fraue am e Stäcke umeträiti, so chäm er no die acht über.

špätsle (kšpätslet) hänſeln. Lexer 2, 1085 verzeichnet ein spatzwörtelin Spottwort. Auch in A M. iſt bas Wort oft belegt. Salat 290 dass sie die altglöubigen verschmächtend, tratztend, spätzletend; Schilling 99 vnd min Herren darvmb vast mit worten spätzletend; 143 mit schantlichen worten vnd spätzlinen. Dazu auch bas J M. Abj. kspatsig (kspatseger). Halter ** Du tuest as wi nes Tübli doch ist di Schnabel g'spatzig.

štoηηke (štöηηke) m. zäher Brei.

štöηηker m. kurzer Unterrock.

šnoke (kšnoket) kriechen weist auf ein mhb. * snâken, dazu an. snakr die Schlange als kriechendes Tier. šnöker der am Boden kriechende, nicht an Stangen gezogene Phaseolus Nanus.

štäi m. mhb. stein. Redensarten ** Wenn d'Stäi täiggid wenn die Steine weich werden = gar nie; ** Eim e Stei i Garte rüere einem ein Geschenk machen.

šwarbe (kšwarbet) zusammenraffen. Verlorne Sohn V. 384 Der güdig schwarbt sin guot zemen; zu got. svairban.

šmeλtse nur in der Redensart i šmeλts der dri ich bekümmere mich nicht darum; höflichere Redensart für eine bekannte andere. Häfliger ** Was hemmer uf de Wält, wenn Frid und Eintracht fählt, I schmelz uf's Gäld.

štegele f. Hunziker führt 249 štegele und štagele an, beide in der Bedeutung: oben gegabelter Pfahl; das wird auch stagel in A M. bedeuten. Schilling 160 vnd sprach der wirt zuo dem gast, 'er müste mit im in das holtz, vnd im hälffen staglen howen. Hofrecht von Mörlischachen um 1500 Gfd. 6, 75 Die hant das recht, das Sy in dem walde ir nothdurfft howen mögent, Zun und Staglen, daran sy ir garen vff henkent. J M. kennt das Wort štegele als Stelze.

štegle und štagle (kštaglet) ein zweites Wortpaar, sowohl in J M. als in der Leerauer Mundart in der Bedeutung von stottern. Andere solche Wortpaare sind in J M. kreglet neben kraglet Abv., stets mit foλ verbunden. Ein Baum ist Samhita kraglep foλ, wenn er mit vielen Früchten beladen ist. tsweššpli neben tswaššpli der blindlings umher Rennende, unbedacht Handelnde.

A M. wendelstein m. Kirchturm. Almosenerrodel Gfd. 38, 40 si dekent den chor vnd den kleinen wendelstein vf dem chor; gleiche Seite so dekhet ein probst den wendelstein, da die gloggen Inne hangend. Ebenso im Jahrzeitbuch von Willisau, Gfd. 29, 190. Lexer 3, 759 wendelstein Wendeltreppe.

štrodle (kštrodlet) wallend sieden zu mhb. strudel. Vierwald. See 173 wann man disen Stein in ein kalt Wasser legt, fangt es an zusieden vnd zustrodlen.

špägi (špägene) m. der magere, dürre Mann, zu mhb. spach dürr.

šläkχe (kšläkχet) lecken. Rebensart ** Frönnds Brod ässe isch nid Hung schläcke.

špändiere (kšpändiert, Hochton auf ie) spenden. Bircher 173 vnd hat die Belohnungen reichlich ausszuspendieren angefangen.

šloter-meλχ f. bick gewordene saure Milch. Peſtbüchlein S. 8 Was aber dass tranck belangt, soll man sich goumen von vnerwöllter, kallter vnd schlattermilch.

III. Folgt im Mhd. im In= ober Auslaut eine Explosiva auf s, so wandelt sich bieses in š M. in š, wenn ein Nichtvokal ober ein langer Vokal vorhergeht, dagegen in šš, wenn ein kurzer Vokal vorhergeht.

fušt (fūšt) f. mhd. vûst. fušte (kfuštet) ungeschickt an etwas herumarbeiten, gleichsam mit geschlossener Fauſt, ſtatt mit ber Hand. Um etwas Unmögliches zu bezeichnen, sagt man: ** mach e Fust, wenn'd e ke Hand hest.

luštere (klušteret) bebeutet in ber Munbart von Basel unb Leerau lauschen, Seiler 197, Hunziker 173. In š M. bebeutet es bagegen in ben Haaren wühlen.

A M. gneist Funke, Brand von St._Urban Gfb. 3, 176 unb Verlorne Sohn Vers 89.

gäišt m. ber Geiſt, ber Spiritus, bas Gespenſt; an letztere Bebeutung knüpft an bas Verbum gäište (käištet) lärmen, pol= tern. Ineichen braucht ben Vergleich * bald mutet's bald redt's wi ne Geist.

Wenn t erſt in š M. angetreten iſt, wirb s bennoch zu š. Nur metst in ber Mitte mhd. mittez, mitz behält s, ebenso ietst jetzt.

st finbet sich auch in bem rätselhaften äister immer. Vgl. bas schweiz. Ibiotikon 533.

IV. š iſt aus auslautenbem s entſtanben in iš n. mhd. îs; mieš u. mhd. mies; aršš siehe §. 18 unb höltše siehe §. 27.

V. s wechselt mit š in gipse neben gipše (kipšet) knarren von Türen, neuen Schuhen ausgesagt.

VI. Lenis š ſteht, wo man šš erwarten würbe, in maše f. mhd. masche.

VII. Ferner ſteht Lenis š in pfoše (pfošet) nhd. pfuschen; bausele (paušelet) einfältig plaubern; in einigen Fällen vor l unb λ: wašle (kwašlet) schwatzen, vgl. Schmeller Wasche ber Munb; gošle (košlet) schwatzen; brašle (prašlet) vgl. §. 17;

mošle f. die Muschel; moš`λ m. der Mumps; krös`λ n. der Ab=
fall, der Plunder. Da das D W B. ein Wort Brüschel im glei=
chen Sinne kennt, so zeigt das, daß k und B die Vorsilben ge
und be sind. Daher gehört zur Wurzel bloß rös und hier muß
weitere Forschung über dieses Wort anknüpfen.

Wegen Lenis š vor l und λ vgl. §. 24 III.

12. Etymologisches über Fortis šš.

I. šš ist regelrechter Repräsentant von in= und auslautendem
mhd. sch.

poššle f. zu mhd. büschel.

tušše (tuššet) mhd. tûschen tauschen.

täißšlig (täißšlege) m. der Kuhfladen zu ahd. deisc der Mist.

rušš (rüšš) m. der Rausch.

fröšš (frösse) mit aus dem Pl. in den Sg. eingedrungenem
Umlaut wie in sehr vielen Fällen, z. B. brüeder (brüedere) m.
der Bruder; ůλ m. der Aal. fröšš ist fem., so auch in A M. bei
Vierwald. See 51 solches hab ein Frösch, so jhr Wohnung in
einem Loch des Thams gehabt, ersehen. ((Thams = Dammes.)

In der Chronik von Feer (Ettliche Chronickwürdige sachen
durch Ludwig Feeren der Zytt Stattschrybern zu Luzern be-
schriben anno 1499, abgedruckt im Gfd. Band 2) findet sich ein
träschlen: vnd die Rosslüt Rittent vff jr Rossen Hinter jnen
gar vil durchin, vnd was gar ein wild träschlen durch einandren. Gfd. 2, 140.

A M. knarschlen. Vierwald. See S. 108 wo der Biber
einen Menschen erwüscht lasst er zu beissen nicht nach, biss
er die Bein hört knarschlen. Josua Maaler 246 hat ein gleichbedeutendes knaschlen. Wegen Einschub des r vgl. §. 6.

II. in fläiš n. mhd. vleisch ist nach Diphthong š statt šš
eingetreten.

III. Im Gegensatz zu den oben angeführten Verben risse, ässe
behalten die auf šš stets die Fortis, z. B. tušše, Imp. tušš, wäšše
Imp. wäšš waschen. Einzig höišše folgt der Analogie von häisse,
Imp. höiš heische, Ind. Pl. me höisid neben me höißid.

IV. Wenn mhd. kurzer Vokal gedehnt wird, so erscheint darauf

folgendes mhd. sch in J M. als Lenis. Die Fälle sind: wöš m.
mhd. wisch; χröš n. mhd. krüsch; röš (röšer) spröbe, geht nicht
zurück auf mhd. rösch, denn dieses würde in J M. nach §. 5 röš
ergeben, sondern nach §. 20 auf risch. kwäš n. das Gewäsche.
Zu mhd. brüsch stellt J M. ein brüš m. Erica carnea und vulgaris, mit auffälligem langem U. Gehört hieher auch göš (göše)
m. der unbeholfene, dumme Kerl?

V. Messing heißt in J M. möšš n.

VI. šš entspricht mhd. s zwischen kurzem Vokal und Explosivlaut.
laššter n. das Laster, die Dirne.

A M. anlaster. Amtsrecht von Habsburg S. 373 Erstlich
was Riedtveech belangt, soll dasselbig sechs monat lang und
dan das Rossveech, so in den vier anlastern erkennt werden,
allein dry monat lang hinder sich gan. Amtsrecht von Kriens
S. 423. Rossen halb, So innert eim halb jar der vier anlaster
eins funden wird, soll's einer dem andren ouch in eim halben jar
abnemen. Das ist houptmürdi, krötzig, buchstössig und der un-
gnampt. Ueber houptmürdi siehe Hunziker 134. oηη-knant m. bedeutet in J M. Gesichtskrebs. Vgl. mhd. âlaster Schimpf, Gebrechen.

χoššt m. der Geschmack, so auch Vierwald. See S. 60 dise
habent vnder anderen Fischen ein angeborne Tugent sowohl
des guten Kusts als der Gesundheit. χöšštele (kχöšštelet) kosten,
nippen an, dazu in A M. das Substantiv winküster, zwei Mal
im ält. Stadtbuch S. 354.

Pada ärd + broššt Samhita är-pröšt, Name eines Gehöftes
an der Bramegg. Obwohl ich keine alte Schreibung kenne, kann
der Name doch nichts anderes sein als Graffs ërdprusti, wofür
einerseits die Oertlichkeit, andererseits der Umstand spricht, daß
ebendaselbst eine šrännts-wäid (Hochton auf wäid) sich befindet.
schranz bedeutet was brust, vgl. J. L. Brandstetter, Luzerner
Ortsnamen in Unterhaltungen zum Luz. Tagblatt 1869.

gaššt (geššt) m. mhd. gast der Gast; ferner Schimpfname, der
bestimmte Färbung erst durch das begleitende Adjektiv erhält: wüeste
gast abscheulicher Mensch, fule gaššt Faulpelz u. s. w. Ist das
etwa eine Erinnerung an gast Fremdling, Feind? In A M. ist
gast bekannter Rechtsbegriff. Das Stadtrecht von Sempach vom
Jahre 1474, abgedruckt im Gfd. Band 7, sagt S. 153 Ein gast vnd
ein frömder hat dz Recht gegen ein burger vmb geltschulden,

glich als ein burger gegen dem andern, der gast hat aber den vortel, dz er sin drü fürbott von einem tag an den andren tun mag. Die Kleiberreform vom Jahre 1732 S. 7 hat Alle Bey- und Hindersäss auch hier wohnende geduldete Gäst. gasštig (gasštege) f. mhd. gastunge.

A M. raspen bei Bircher 89. Predigte darauff mit sonderlichem Ernst vnd Eyffer wider die eitele Versamblung, zusamen Raspung zergänglicher Schätzen.

13. Einige spezielle Fälle von Lautverschiebung.

I. Die Krankheit Auszehrung heißt in J M. us-terig f.; nur im Munde der Gebildeten findet sich us-tserig. Leerau und Basel sagen us-tserig, Seiler 304, Hunziker 282. Es wird in J M. wohl Anlehnung stattgefunden haben, vielleicht an das Verbum us-tere ausbörren. Daß speziell in J M. in diesem einzelnen Falle die Lautverschiebung ohne Weiteres nicht eingetreten sei, hat keine Wahrscheinlichkeit für sich.

II. Die Verhältnisse von qu, tw, zw im Mhd. sind bekannt. In J M. gestalten sie sich folgendermaßen.

Die meisten mhd. Wörter mit qu: qual, quâz, quëllen, quërder u. s. w. sind in J M. nicht vertreten. Mhd. quëc, këc erscheint ale χäχχ (χäχχer); quetschen als χätše (kχätšet) kauen, ein grober Ausdruck.

Die Verbindung kχw findet sich nur in kχwien Schimpfwort unbestimmter Färbung; kχweλλe f. die Quelle, das wohl aus dem Mhd. aufgenommen ist; in den Fremdwörtern kχwenntli n. das Quintchen; kχwetig f. die Quittung. Quart erscheint dagegen als kwärtli n. der vierte Teil der alten Maß.

Das von J. L. Brandstetter angelegte handschriftliche Flurnamenbuch vom Kanton Luzern verzeichnet die Namen ** Quattwald, Quattwäldli, Quartebünten.

tsw haben in J M. tsweηηe (tswoηηe) zwingen; tswärg (tswärge) m. der Zwerg; tswäχele f. mhd. twehele; tswärχ-fäλ n. das Zwerchfell. tw haben wir in twäriss und dertwäriss quer; in dem Ortsnamen twären-ek (Hochton auf ek) Twerrenegg, Jahr

1190 Tweruneke Gfb. 17, 247; dem Geschlechtsnamen twäre-boλd geschrieben Twerenbolb.

III. Mhd. gîtec ist als gitig geblieben, hat aber die Bedeu=tung etwas geändert, es heißt nämlich übereifrig arbeitend, beson=ders um etwas zu erwerben. Das mhd. Verbum gîtesen hat sich auch erhalten als gitse (kitset) in der ursprünglichen Bedeutung „geizen". Dazu haben sich nun die neuen Formen gits m. Geiz und gitsig (gitseger) geizig gebildet, während die alten Formen gît und gîten verschwunden sind. Wir haben also einerseits gitig, andererseits gits, gitse, gitsig. Von einer Verschiebung des t in ts ist also hier keine Rede.

Anders ist die Mundart von Leerau verfahren. Sie hat git und gits, gitig und gitsig neben einander in gleicher Bedeutung.

Einen dritten Weg hat das Nhd. eingeschlagen, das die alten Formen ganz verdrängt hat.

Mhd. steht antlit und antlitz nebeneinander, allerdings etymolo=gisch verschiedene Wörter. In A M. habe ich nur antlit getroffen. So in sog. Fründs Chronik vom Jahr 1426, Manuscript auf der Bürgerbibliothek Blatt 3, bei Schilling 42, 48, 158, Etterlin 70.

Anmerkung. Hier möge gleich ein merkwürdiger Wandel des s in h erwähnt werden. Er findet sich nur bei Wörtern, die aus=rufsartig hingeworfen werden, nicht in zusammenhängender Rede. Auf diese Weise wird, zwar weniger häufig, so so als ho und sä do mhd. sê dâ als hä do gesprochen. Ganz gewöhnlich ist dagegen die Aussprache hešt und hender siehst du, seht ihr statt sešt (sihest) und sender. Im Zusammenhang der Rede braucht man dagegen stets ksešt und ksender zu mhd. gesëhen, das einfache sëhen findet sich sonst nicht.

14. Wegfall von s.

Es gibt in J M. keinen Fall, wo man mit völliger Sicher-heit behaupten könnte, s sei ohne weiteres weggefallen.

I. Neben mhd. phiphiz stellt J M. allerdings pfeffi, und das wäre der einzige Fall, wo ein Zischer im Wortauslaut geschwunden. Daher ist die Sache nicht ohne Bedenken. Dazu ist wohl zu be=

achten, daß phiphiz m., pfeffi dagegen n. ift. Es wird wohl eine Vertauschung der Endung fein nach §. 38 drittes Alinea.

II. Z M. befitzt wie andere Mundarten der Schweiz ein unbe= ftimmtes Pronomen nöiier jemand, nöiiis etwas, nöiie irgendwie, dazu die Nebenformen nöimer, nöimis, nöime und näimer, näimis, näime. Die Formen nöimer, nöimis, nöime find die gebräuchlichften. Man hat diefes Pronomen fchon mehrere Male mit mhd. neizwër identifizirt. Ich glaube aber nicht, daß diefe Anficht auf Wahr= fcheinlichkeit Anfpruch machen dürfte. Denn erftens hätten wir hier einen ganz vereinzelten Fall von Schwund eines s im Innern eines Wortes, dann ftehen·dabei die Nebenformen nöimer und näimer, die auch Erklärung verlangen; und endlich befitzt Z M. ein Pronomen wäis wär! welch Bedeutender, wäis was! welch Bedeutendes, wäis wie! wie bedeutend; ** Me chönnt meine, de hätt weis was übercho; weis wie schön! Neben letzterm wäis wie läuft nun allerdings auch eine gekürzte Form, die befonders gebraucht wird, wenn das Wort im Satze nicht nachdrücklich hervorgehoben wird, fie heißt aber nicht wöiie, fondern wäiswi oder wäisi.

In A M. habe ich diefes Pronomen erft fpät gefunden und zwar bei Ruß (Melchior Ruffens eidgenöffifche Chronik vom Jahr 1482) S. 52 do griffent die vigent zu der von bern paner und zerzarten sy gantz, doch beleib neuwas am schafft. Salat braucht es fehr oft.

III. Got. atisk mhd. ezzisch erfcheint in Z M. als äss und bezzist als besst. Hier ift der Vokal zwifchen beiden Zifchern gefchwunden, und der erfte hat fich dem zweiten affimilirt nach §. 4.

Ganz ähnlich find was esst mhd. waz ist und das esst mhd. daz ist zu wasst und dasst kontrahirt.

Indem der Sprachgeift nun den Eindruck erhält, als beftehen diefe Formen aus wa + sst, da + sst, haben fich die Formen wa und da auch aus diefer Verbindung herausgemacht und erfcheinen auch vor andern Verben, namentlich Hilfszeitwörtern, wa hesst, wa hed er, wa hennd er, was haft du, was hat er, was habt ihr? wa wotst was willst du, wa mäined er was meint ihr u. f. w. Niemals aber erfcheinen da und wa vor Subftantiven, Adjektiven, Adverbien. Ein da tomm χennd das dumme Kind, wa witer was weiter wäre unerhört.

15. Umſprung von Exploſivlauten bei Sibilanten.

I. Der letzte heißt in J M. letšt, ebenſo gebräuchlich iſt die Nebenform lekšt.

Auf unſern Dörfern herrſcht der Gebrauch, daß die jungen Bur-ſchen nachts zumal vor den Häuſern der heiratsfähigen Schönen mit verſtellter Stimme lärmen, das heißt gäitše oder gäipše (käipšet). Im weitern Sinne bedeutet gäitše oder gäipše überhaupt lärmen. Dieſes Wort gehört doch wohl zu gaikse der Basler Munbart, Seiler 129, das dann den dritten Exploſivlaut aufweiſen würde. Ein Edift der Luzernerregierung über Wirtshausbeſuch vom Jahre 1776 ſagt ſonderheitlich aber ſollen all und jede des ſogenannten Gäutſchens, Redverkehrens und Liederſingens und all anderer nächtlichen Unfugen ſich enthalten.

Landſtraße heißt Paba lannd + štross Samhita lannt-štross (lannt-štrosse) f., daneben aber läuft ebenſo gebräuchlich die Form laɳɳk-štross.

Schmeller bringt ein Hätz der Häher. L. Cyſat zählt Vierwalb. See S. 160 Vögel auf Ambsel, Tröſtel, Rinderſtarr, Hätzlen, Spie-gelmeiss. In J M. lautet das Wort häksle f. gewöhnlich here-häksle.

Die Artifelformen mhb. die und diu lauten t, vor š werden ſie, wenn auch ſeltener, auch als k geſprochen. t šueλ unb k šueλ die Schule, t štäi unb k štäi die Steine.

Ich bin ſchuldig, wird in J M. wiedergegeben durch ich bin zu Schulb (en), Paba i be ts šoλd, Samhita i be tšoλd, daneben ſagt man auch i be kšoλd.

Im ganzen Gebiet der Munbart herum ſprechen einzelne Per-ſonen überhaupt jebes tš als kš aus. mäikši für mäitši Mädchen.

II. Neben einander laufen in J M. tswäkšte unb tswätške f. Prunus domestica; hetsgi unb heksi n. Schlucken; iutsge unb iukse (kiukset) jauchzen; betsgi oder bätsgi unb beksi oder bäksi n. der Butzen an Früchten. Mhb. blicze erſcheint als bleks, blets, bletsg m. Blitz f. böſe Sieben; mhb. knisten erſcheint als χnötše (kχnötšt.)

III. Hier mögen gleich noch einige andere Fälle Erwähnung finden. Die Faſtnacht heißt fasneχt, faχnest unb faχnes, am ge-bräuchlichſten iſt die letzte Form. (neχt, nest, nes ſind ſchwachtonig.)

Statt fakχannts (Hochton auf kχannts) f. jagt man, wenn auch seltener, aber nicht bloß spaßweise kχafannts die Ferien. Ineichen ** Wird glaub i uf die nächst Cavanz de scho i d'Loce cho. Loce = Logica, Name einer Gymnasiumsklasse. Solche Fälle sind auch aus andern Sprachen bekannt, vgl. κελάρυξα neben λακέρυξα.

16. šlammpe und lammpe.

I. Neben einander laufen in I M. lammpe und šlammpe (kšlammpet) welk herunterhängen, ebenso die Substantive lämmpe und šlämmpe m. der herunterhängende Fetzen, von šlammpe ist abgeleitet das Adjektiv kšlommpig (kšlommpeger) welk, wie ein Lumpen anzurühren, von lammpe das Substantiv lommpe m. = der Lumpen.

Zu mhd. liberen gerinnen stellt sich unser Adjektiv kšleberig (kšlebreger) mhd. * gesliberec geronnen, gallertartig.

Zu unserm šlune (kšlunet) schlummern bringt Schmeller ein launen in gleicher Bedeutung.

Ebenso findet sich bei Schmeller ein schnuckeln lecken, saugen, naschen, in I M. heißt nökele (knökelet) am Lutscher saugen, nök'λ m. ist der Lutscher.

šmöikχe (kšmöikχt) etwas für sich auf die Seite schaffen, um es dann heimlich zu essen, stellt sich zu mhd. vermûchen mit gleicher Bedeutung.

Mit unserm šnause (kšnauset) durchstöbern ist zu vergleichen nausen bei Stalder 2, 233 in gleicher Bedeutung.

II. Neben einander laufen in I M. wätšge und tswätšge (kwätšget, tswätšget) durch Kot waten. Dieses Verbum be= zeichnet auch das Geräusch, das entsteht, wenn man Wasser in den Schuhen hat und so marschirt. waššple und tswaššple (kwaššplet, tswaššplet) sich überschnell herumbewegen, voreilig handeln, dazu die schon früher erwähnten Nebenformen weššple und tsweššple. Vgl. nlb. wispel-turig.

54

17. Schwund und Antritt von t nach Sibilanten.

I. t ist geschwunden nach Sibilanten:
a) im Auslaut.
bloš (blöš) m. die Geschwulst mhd. blâst.
khörršš siehe §. 18.
träš n. Treber zu mhd. trester.
ts cršš neben ts cršt zuerst.
päšš Sebastian.
χaršš (χäršš) m. mhd. karst.
b) vor l.
brašle (prašlet) mhd. brasteln. Vierwald. See S. 11 macht auch ein solch braschlen vnd getöss, dass einer vermeint, der ganze Berg falle zuhauffen.
feššli-tsand (feššli-tsänd) m. der Zahn mit einer Fistel.
II. t tritt an
a) im Auslaut.
poršt (poršte) m. der Bursche. Beliebt ist das gleichbedeutende kχärrli-poršt der „Kerlbursche".
töršt m. ein gespensterhaftes Ungeheuer des Volksglaubens mhd. türse der Riese.
b) vor l.
mešštle (kmešštlet) mhd. mischeln.
In A M. begegnet ungemein häufig der Ausdruck mischelte. Schon Gfd. 19, 151 Jahr 1290 Praeterea illud quod Mischelta vocatur, villico cedit und findet sich noch in den Kornmandaten von 1771 und 1795. Stalber erklärt es als Mischgetreide, eine etwas vage Erklärung; es wird wohl das gleiche sein, was Beyder Guetz §. 32. Wie aber das Wort genau ausgesprochen wurde, ob analog zu obigem mešštle, kann ich nicht angeben.
büštli n. der kleine Bausch, eine rundlich zusammengeballte Flocke Baumwolle oder Wolle.
III. Neben einander laufen iets und ietst jetzt, faχnes und faχnest die Fastnacht.
IV. Bei mhd. obez, das nhd. Obst heißt, ist in J M. das t nicht angetreten, ops n.
V. Die ganz gleiche Erscheinung zeigt sich auch bei den andern Spiranten in folgenden Fällen:

safft (sefft) m. mhb. saf, nlb. sap.

toχe neben toχt (töχe, töχt) m. ber Docht.

fäχχtli n. Dem. zu mhb. vach; äi-faχχ neben äi-faχt einfach.

räift m. ber Reifen.

Die Kleiberreform von 1732 S. 6 fagt Die unanständige Reufft-Röck aber sollen allen Weibs-Personen ins gemein volkomen abgekent seyn, S. 9 Wormit auch die Reifftröck vollkommen undersagt seyn sollen.

18. šš nach r.

Nach r kann nur Fortis šš stehen, gleichgültig, wie fie entstanden fei. Die Fälle find:

χäršš, gefunb, beleibt, kräftig, munter, fchon von Stalber mit bän. karsk verglichen.

haläršš (halärššer) flink, munter. Leerau befitzt ein alärt, Hunziker 317, zu franz. alerte; unfer haläršš ift aus alärt unter Anlehnung an obiges χäršš entftanden. Antritt von h bei Frembwörtern ift nicht felten. Er finbet fich z. B. auch in halegere (khalegeret) ausgelaffen luftig fein, befonbers beim Trunk, zu it. allegro.

χaršš m. mhb. karst.

aršš m. mhb. ars.

marršš! packe bich frz. marche.

o-weršš (o-werššer) unwirfch.

näršš (närššer) närrifch.

horršš Ruf, um Schweine zu treiben, zu Otfriebs hursgjan.

khörršš n. bichtes Gebüfch, in einanber verwickelte Sachen, z. B. Garn, mhb. gehürste, bavon folgenbes

ferhörršše (ferhörššet) verwickeln.

horršši n. Schimpfname auf Frauenzimmer, fchon erwähnt.

horršše f. die Ohrfeige, Schmeller: Hufchen.

ts eršš fchon erwähnt.

Aus lam lahm unb aršš wirb ein Kompofitum gebilbet, bas einen bezeichnet, ber feine Glieber nicht rühren will; babei fchwinbet r nach §. 6 unb ber Sibilant erfcheint als Lenis lam-ašig (lam-ašeger). Von ber Kürzung bes a in lam fpäter.

19. a vor šš = urſpr. sk.

Vor šš, das urſprünglichem sk entſpricht, kann urſprüngliches a nicht ſtehen. Es wandelt ſich

I. in ä:

täšše ſ. it. tasca, davon differenzirt das früher erwähnte täšš.

fläšše ſ. it. fiasco.

wäšše (kwäšše) ahd. waskan.

äšše ſ. ahd. aska. Verlorne Sohn 1208—1209 ſteht für ver-brießlich brein ſchauen die Phraſe Thatend die köpf in d'äschen henken, jeder forcht ihm etwas müessen schenken.

äššer in äššer-met-woχχe (Hochton auf met) ſ. der Aſcher-mittwoch.

äššereχχ m. die ausgelaugte Aſche, ſchon in unſerm ält. Stadt-buch in der Form escher belegt, S. 337 Ez ensol ovch nieman weder Escher noch stein noch hert vber die Rüsbrugge ab schütten. S. 346 Unt swer dehein Escher oder Loo vsschüttet in daz waszer, der . . . Ebenſo S. 343. Im Luzerner Stadt-recht vom Jahre 1480, abgedruckt in der Zeitſchrift für ſchwei-zeriſches Recht Jahr 1856 S. 78 heißt es das niemant Sol in die Rüss noch in den krienpach ouch In vnser burggraben nit sol werfen noch schütten weder äscher, stein u. ſ. w.

äššeli n. Fiſchname ahd. asko.

äšš ahd. aska der Speer, nur in dem Ortsnamen äššlis-mat (Hochton auf mat), geſchrieben Eſcholzmat, Jahr 1240, Gſb. 3, 226 Aesholtismate; alſo die Wieſe des Aſtholb; Förſtemann, Namen-buch führt den Namen Ascolt an, S. 128.

Homonymes äšš und äšši iſt mehrfach vorkommender Orts-name, von got. atisk. Davon kommt wieder der Perſonenname fon-äšš (Hochton auf fon).

II. in ö:

öšš (öšše) ſ. die Eſche.

öšše-baχχ Eſchenbach, auch in Deutſchland vorkommender Orts-name, zu J M. öšš oder zu got. atisk. Gſb. 9, 47 Jahr 1302 Eschi-bach. Dieſes ö kann zweifach erklärt werden, entweder wurde durch šš in den einen Fällen a zu ä, in den andern zu ö gewandelt, oder alle a gingen zuerst in ä über, und es wurden durch eine zweite Einwirkung des šš einzelne ä in ö gewandelt. Das erste kann der Sprachforscher prinzipiell nicht zugeben. Was das zweite anbe= langt, so läßt sich anführen, daß für den Wandel von ä zu ö sich anderswo eine Analogie findet. Mhd. ë erscheint in J M. stets als ä. In den zwei Fällen dagegen, wo šš folgt, steht dafür ö. löšše (klösse) mhd. leschen und tröšše (tröšset) mhd. dreschen. Vgl. folg. §.

20. Wandel von i zu ö, e und ë zu ö, ei zu öi.

Sehr viele mhd. i erscheinen in J M. als ö (ö), viele mhd. ë und e als ö (ö), ei als öi.

Diese Erscheinung zeigt sich namentlich vor und nach Zisch= lauten, z. B.

nösle (knöslet) näfeln mhd. niseln.

šöpfe (kšöpft) mhd. schephen.

kšmöis n. mhd. gesmeize.

šwöššter (šwöšštere) mhd. swëster.

Aber auch vor allen andern Lauten tritt dieser Wandel ein, wenn auch mehr vereinzelt, z. B.

rönne (kronne) mhd. rinnen.

tswörig mhd. zwir.

χröpf (χröpfe) f. elendes Zimmer, Hütte, Verschlag mhd. kripfe; hömmli n. das Hemb, gehört auf irgend eine Weise zu mhd. hemde.

fätse m. der Fetzen mhd. vetze, davon abgeleitet fötsle (kfötslet) als Fetzen herunterhängen, ferfötslet zerfetzt.

Zu mhd. vatzen besitzt J M. eine Weiterbildung auf eln, nämlich * vetzeln, d. h. fötsele (kfötselet) hänfeln.

Dieser Wandel ist schon in unsern ältesten Denkmälern belegt. Das ält. Stadtbuch sagt S. 340 Swele burger ald knecht in der Stat troeschet ald wannet bi deheim Liechte, der . . . S. 346 wan sol enhein velwesch schütten wand an die strasse vnt ouch dar nit schütten want so er erloeschen ist. Weißes Buch Gfd. 23, 244 Item Novale situm enzwüschen dem Buch- wald vnd dem vrmis.

21. Die Dehnung.

Es scheint im Entwicklungsgang unserer Munbart zu liegen, die mhd. kurzen Wurzelsilben zu dehnen.

Die verschiedenen al. Munbarten dehnen sehr verschieden. Basel sagt basl, wir basᵉl, das Emmental fade, wir fade.

Die Sache scheint gerade jetzt im Flusse begriffen zu sein, es gibt mehrere Wörter mit schwankender Quantität: mager neben mager (megerer) mager; agi neben agi n. Agatha; bere neben bere f. die Birne mhd. bire; χrapfe neben χrapfe f. eine Art Gebäck mhd. krapfe.

Die Dehnung wird häufig zur Differenzirung benutzt. Mhd. eben erscheint in J M. als äbe in der Bedeutung „so eben", „vor ganz kurzer Zeit", als äbe im Sinne von „eben, flach". Vgl. unten brötše und oben mäss.

Viele Pronomina, Hilfszeitwörter, Abverbien erscheinen bald mit der Kürze, bald mit der Länge, je nachdem sie hervorgehoben werden oder nicht. dä hed = der hat, b. h. dieser ist betrunken, dagegen Paba dä hed knue Samhita dä heknue = der hat genug, b. h, dieser ist betrunken.

Die Dehnung findet häufiger in einsilbigen als in mehrsilbigen Wörtern statt, mhd. mos ergibt in J M. mos n. die sumpfige Gegend, der Plural hat dagegen möser. Mhd. kol erscheint als χol n. die Kohle als Kollektivum und als χole f. die einzelne Kohle.

Laute, die dem Vokal vorausgehen, üben keinerlei Einfluß auf die Dehnung aus, dagegen scheinen die nachfolgenden Laute dieselbe bald zu begünstigen, bald ihr hinberlich zu sein. Vor n + Dental-explosiva wird nicht nur nie verlängert, sondern die alten Längen werden alle gekürzt, frönnd m. mhd. vriunt; fennd m. mhd. vint; bönnte f. mhd. biunte; štönnd mhd. stânt; gönnd mhd. gânt; gännt mhd. gênde.

Vor p werden nur gedehnt χlupe m. die Klemme zu mhd. klobe; χλope m. grober Ausbruck für Hand, vielleicht ebenfalls zu mhd. klobe, vgl. D W B.; tšup m. der Schopf mhd. schopf; grupe (krupet) kauern frz. croupir? Man beachte die Qualität u.

Vor t wird in einem einzigen Falle verlängert: kštat m. der Prunk mhd. stat.

Vor mhd. rr bleibt der Vokal kurz, rr wird aber nach §. 6 zu r. Verlängert wird nur in pfarer (pfarere) m. mhd. pharrer; nar (nare) m. mhd. narre, dagegen hat das Deminutiv narrli; närrisch heißt naroχtig oder närŝŝ, und in Bero-Münster ruft man den Masken naro nach. Das o ist zu vergleichen mit mhd. â in hilfâ. Ferner in tör (törer) mhd. dürre; kŝer n. mhd. geschirre; χarer m. mhd. karrer; χare-glöis n. das Karrengeleise, χari-saλbi f. die Karrenschmiere. Das einfache χare (χäre) m. der Karren hat dagegen kurzen Vokal.

Von einsilbigen Wörtern mit s nach dem Wurzelvokal bleiben kurz die schon erwähnten Imperative es, mes, fres, ferges; bes Imp. zu si sein; les Imp. zu läse (kläse) lesen; las Imp. zu lo lassen und lös Konj. zu lo siehe §. 35. has Lockruf für Schweine.

Die einsilbigen Formen sind lang, die mehrsilbigen teils kurz, teils lang in

χes m. Kies; χese (kχeset) mit Kies bestreuen; χes‘λ m. der Kiesel.

glas n. Glas; gleser Gläser; glesli n. Gläschen.

gras m. Gras; grase (kraset) grasen; greser Gräser; gresli n. Gräschen.

mos n. das Moos; Pl. möser; mösli das kleine Moos, auch Name eines Teiles von Bero-Münster.

Stets kurz bleiben die nur mehrsilbig vorkommenden brosi schon früher erwähnt; busi n. die Katze; es‘λ (esle) m. der Esel; fes‘λ (fesle) das Glied bei Tieren; fas‘λ m. die Zucht, die Rasse; bas‘λ die Stadt Basel; prese (presner) eng geschnürt, Part. zu mhd. brîsen; χosi-mosi n. das Durcheinander; χösele (kχöselet) Wasser verschütten; tösele (töselet) langweilig und langsam mit etwas vorgehen; fäse f. mhd. vêse; feserli und res‘λ schon erwähnt; iäse (kiäset) mhd. jêsen; wase m. der Rasen; bes‘m m. Bisam; wäse n. und wesig f. die vielen Umstände mhd. * wisunge; hosi und gosle schon erwähnt; häsi Schweinchen, hasle f. großes Schwein; haseli n. eine Fischart; has‘λ-noss f. Corylus Avellana, hasli häufiger Ortsname; has‘λ-grien n. mit kleinen Kieselsteinen gemischter Ackerboden; haseliere (khaseliert, Hochton auf ie) lustig sein, schwelgen.

In den ein und mehrsilbigen Formen bleiben lang: has m. Hase; häsli Häschen.

res n. das Ries, Dat. Pl. rese.

Von solchen, die nur mehrsilbig vorkommen, sind immer lang: nase f. die Nase; bäse m. der Besen; bäsi (bäsene) f. die Base; χrose (kχroset) knirschen, vgl. D W. B.; brosme f. Brosam. Das Dem. brösmeli in der Verbindung mit kχes (kein) also kχes brösmeli bedeutet „gar nichts". Häßliger ** Me nämid kes Kafi für euse Kalatz, es macht ein zur Arbet kes Brösmeli watz.

Beim Verbum läse sind die Formen mit e kurz, die mit ä lang, i lese mhd. ich lise; me läsid, wir lesen.

Zu dem früher erwähnten was sei noch beigefügt, daß das Dem. waseli a, ein anderes Derivativ wase wie viele! a hat.

lose (klosst) hören auf, horchen hat kurzes o, so z. B. los horche! der Imp. hat aber auch speziell die Bedeutung „komm her und vernimm etwas", dann ist das o lang, los!

Die Dehnung vor mhd. sch und z ist schon besprochen worden.

Vor Sibilantenverbindungen tritt nur selten Dehnung ein, nämlich vor ts, tš, sp in folgenden Fällen.

Das D W B. verzeichnet ein Britsche, Brettergefüge. Dieses Wort erscheint in J M. als brötše f. die Schleuse; das britschen, klappern des D W B. dagegen hat den Vokal gedehnt, brötše (prötset) dummes Zeug schwatzen.

Das nhd. Kutsche heißt in J M. gutše f.

Mhd. kretze Tragekorb wird in J M. zu χrätse f.

Mhd. kötze Tragekorb ergibt in J M. das schon erwähnte χöts ungetreue Haushälterin. Unser χöts weist übrigens auf ein kütz, das Lexer als Nebenform von kötze anführt.

serχutse (serχutst) zerzausen mhd. kotze zottiges Zeug. Hier erscheint wieder die Qualität u.

hotše (khotset) schwerfällig gehen wird im D W B. zu dem in vielen deutschen Mundarten vorkommenden hottern gestellt.

buts siehe folgenden §.

Mhd. kröspel cartilago erscheint in J M. als χrösp'λ m.

Gekürzt vor Sibilanten sind mose (möse) f. mhd. mâse. kχnös'λ mit der als höflicher geltenden Nebenform pfnös'λ mhd. phniusel.

Gehst du, als Frage heißt: gošt. In der Bedeutung „willst du dich packen" lautet es gošt.

Mhd. tac und smit werden in J M. zu tag (täg) m. und šmed (šmede) m.; der Genitiv mit seinem s lautet taks und šmets.

22. buts.

Im Mhd. bedeutet butze Kobold; davon kommt in J M. botsli m. Schimpfwort ohne bestimmte Färbung.

Das Kompositum fetsli-botsli, dessen erster Teil mir unklar ist, bedeutet Teufel, so auch in A M. In einem luzernerischen Osterspiele des vorigen Jahrhunderts, über welches Gfb. 23, 157 einiges mitgeteilt ist, figurirt Fitzlibutzli als Hauptteufel.

Glaubwürdige Leute aus Bero-Münster haben mir mitgeteilt, man habe früher den Teufel auch botse-häki genannt.

In abgeleiteter Bedeutung ist butz in mehreren Dialekten so viel als vermummte Person, Maske, vgl. Seiler 48 buzimummel. Diese Bedeutung findet sich in A M. häufig. Schilling 248 darvmb dz sy verbutzt in münchskutten oder pfaffen cleidern im land vmbrittend. Salat 128 Da nun die fassnachtbutzen für kamend miner herberg thür. Ein Erlaß der Luzerner Regierung vom Jahre 1580 Gfb. 28, 123 befiehlt dem Klerus Si söllent weder Inn noch vssrem Huss sich In keine Mumery oder butzen wys sehen lassen.

In folgenden zwei Stellen scheint mir butz so viel als Schre= cken erregender Anblick zu bedeuten. Schilling 135 Da aber die Schwäbschen der Eitgnossen streich vnd nachtruck entpfundent, ouch den butzen gesahend, woltend sy nit lenger warten, fiengend an fliehen; Salat 218 Thatend allgmach zu uns rucken, d'Eidgnossen gaben ein starken scharmutz, si hettend uns gern angriffen, do schmackt inen nit der butz. (Thatend vnd schmackt bezieht sich auf die Feinde, uns auf Eidgnossen).

Das D W B. zieht zu obigem butz Kobold auch das weit ver= breitete Butz, Knirps. Dieses erscheint in J M. als buts (butse) m. und f. Knirps. Eigentlich würde man bots erwarten.

Das Wort Butzen bei Früchten ist in J M. nur in der Phrase ** mit Butz und Stil „ganz und gar" vertreten. Bucher ** s hed wärli nur bar Jörli d'duret, bis das Verchauftnig no und no mit Butz und Stil ist umecho.

Hieher dürfte doch auch wohl das Deminutiv bütsi n. butzen= förmiges Geschwür zu ziehen sein.

ferbotse (ferbotst) bedeutet dahinraffen, vielleicht = zum bloßen Schemen machen, übrigens ein höchst grober Ausdruck. s hed e ferbotst er ist gestorben.

botse (potst) = nhd. putzen. Paba äim s tsit botse Samhita äim s tsipotse einem die Wanduhr putzen, d. h. den Text lesen. Gleichbedeutend sind ** Eim use butze, ** Eim de butzer gä. A M. Butzen Name eines Fisches. Vierwalb. See 21 andere haben keine Schüepen als ein geschlecht der Schwarz- förinen, die Treusch, Neünaug und das geschlecht der Bamelen oder Butzen.

23. Ersatzdehnung.

Aus der Verbindung n + s und n + š wird in vielen ver- einzelten Fällen das n ausgestoßen, dafür tritt aber an Stelle des dem n vorangehenden Vokals ein Diphthong. Die Fälle sind:

χaušt du kannst.

graus n. Ortsname, bezeichnet eine vorspringende Höhe mhd. grans.

der Personenname Hans wird jetzt allgemein als hanns ge- sprochen, ich vermute jedoch, das sei ein Eindringling aus dem Nhd., wenigstens findet sich die Form haus in dem mehrfach vor- kommenden Zunamen s hausis.

Das Wort Gans kenne ich nur unter der Form ganns, es soll jedoch im Hinterland auch als gaus gesprochen werden, und das ist jedenfalls die alte legitime Form, ganns dagegen die ein- gedrungene. Es ist zu beachten, daß dieses Tier bei uns auf dem Lande meistens nur noch aus den Büchern bekannt ist. Stalber führt 1, 432 gaus ausdrücklich als luzernerisch an. Die mir bekannte Version des Liedes vom Sparen hat ebenfalls ** Längshals heisst mi gaus. Eine andere luzernerische Version bei L. Tobler, Schwei- zerische Volkslieder S. 153 hat dagegen Langhals heisst mi Gans.

kšpäišt (kšpäister) n. das Gespenst.

broušt (broušte) f. die Brunst.

toušt m. der Dunst.

möišter Bero-Münster.

wöiše (kwöišt) wünschen.

töištig (töišteger) voll Dunſt.

göisse (köisset) winſeln, heulen, nicht zu gawinsôn! ſondern zu mhd. gunseln Lexer 1, 1120.

fergöištig (fergöišteger) mißgünſtig.

öis uns.

tseis (tseise) m. der Zins.

feišter (feišterer) finſter.

weisse (kweisset) winſeln ahd. winisôn.

treisse (treisset) langſam mit etwas umgehen ahd. trinisôn. Seis Ortsname Sins.

χäiste ſ. der Kartoffelkeim gehört offenbar zu mhd. kînen. Analog zu obigem weisse würde man eigentlich χeiste erwarten.

Mhd. glunse erſcheint in J M. als glöisse m. die glühende Kohle. Dazu findet ſich die Nebenform glüesse, offenbar durch Anlehnung an das Verbum glüeiie glühen entſtanden.

Ein zu flanſen des D W B. gehöriges * fleuseln würde nach obigem kšpäišt ein fläisle ergeben. Statt deſſen heißt es aber flöisle (kflöislet) zu beurteilen nach §. 20.

Tobler bringt S. 156 ein luzerniſches Volkslied, deſſen ſiebenter Vers heißt: * Han i nit gar es ordligs Hüeteli uf, und gar es ordligs Federli druf. Eine andere mir bekannte Variante bringt ** Han i nid gar es ordligs Chäppeli uf und gar hübschi Feuseli druf. Sollte dieſes ſonſt verſchollene föiseli zu mhd. vinsel-wërc Tand zu beziehen ſein?

Das auch in andern Mundarten vorkommende tsöisle (tsöislet) mit dem Feuer ſpielen iſt ſchon mehrere Male mit Schmellers zünzeln zuſammengeſtellt; es wäre alſo hier eine Dentalis aus- gefallen. Dieſe Ableitung hat vieles für ſich, zumal da unſere Mundart in fause ſ. böſer Streich zu mhd. vanz ein Pendant beſitzt.

Dieſe Erſatzdehnung tritt auch auf bei Naſal + f, nämlich in föif got. fimf; hauf m. der Hanf; sauft Adv. mhd. ſanfte wird in J M. zur Steigerung gebraucht, ähnlich ahd. harto. ** De Seppi ist sauft so gross as de Tönel.

Für η + χ weiß ich keinen Fall.

Der Name eines Luzerner Dorfes lautet eibʿλ geſchrieben Inwil und das iſt auch die älteſte Schreibung. Gfd. 7, 174 Jahr 1314 des hoves ze Obernhoven gelegen in dem Kilchspel ze Inwile; Gfd. 10, 113 Jahr 1314 in parrochia de Inwile. Laut Mitteilung wird im Hitzkirchertale der Name der Ortschaft Brunnwil auf anstoßendem Dialektgebiet als brouuˊλ gesprochen.

Es ist gleichgültig, ob zwischen Nasal und Spirans ursprüng= lich ein Vokal gestanden. föif ahd. fimf, aber hauf ahd. hanaf.

Die Territorien der Stadt Luzern und von Malters setzen statt eines Diphthongen einen langen Vokal: statt ou ein u, statt öi ein ü, statt ei ein i, doch bleibt au und äi, also z. B. tsis, füf, ibˊλ, hauf. So schreibt der Stadtluzerner N. Cysat eine Ab= handlung Von den Züslern oder füwrigen Mannen, die sich nachts sehen lassen, abgedruckt in Lütolf Sagen S. 135. Das Wort ist jetzt noch vorhanden als tslüsler (tsöisler) und bezeichnet das gleiche, was das früher erwähnte brönndlege.

Das ganze Gebiet der Mundart hat langen Vokal statt Diph= thong in usšlig m. der Unschlitt; niffele die Infel mit angetretenem ν ἐφελκυστικόν wie in nänneli u. Aennchen, negˊλ m. der Igel, näisele Einsiedeln; kspusle f. komischer Ausdruck für Gattin. Ueber diese Formen vgl. Staub, die Vokalisirung des N, Halle 1874 und schweiz. Idiotikon 327.

In andern al. Mundarten tritt die Ersatzdehnung wieder in andern Fällen ein. Malters kennt schon die wohl eingedrungene Form triχ-gäλd u. das Trinkgeld, während J M. sonst treηηkχ- gäλd sagt. Leerau sagt sowohl wöiše als wönntše, während J M. nur wöiše kennt; wegen tš vgl. unten.

Durch diese Ersatzdehnungen geht die Mundart der Verbindung eines Nasals mit homorganer resp. beinahe homorganer Spirans aus dem Wege.

Solche Verbindungen finden sich überhaupt nur in hanns; ganns; χriens Ortsname; frannse f. die Franse; sämmf m. der Senf; gämmf oder iämmf die Stadt Genf; gammfer m. der Kampher; und im Falle, daß ein Flexions=s oder š an auslautendes n an= trete, söns schönes.

Der Verbindung Nasal mit homorganer Spirans geht J M. noch auf andere Weise aus dem Wege.

In einigen vereinzelten Fällen wandelt sich der Nasal in den eines andern Organs. Mhd. bensel erscheint in J M. als bämmsˊλ m. und neben obigem kspäišt läuft die Form kspäηηšt. Für letztere Aussprache ist schon bei Salat 126 eine Hinweisung.

Es waren offentürig fantasten, ich dacht: das ist gwüss tüfels gespengst. Deſto auffälliger iſt, baß man neben štare ga*ŋŋ*s ſtarken Ganges, b. h. ſogleich auch bie Ausſprache štare ganns nicht ſelten hört.

Es gibt einzelne Perſonen, bie jebes n vor flektiviſchen š (nicht s) als *η* ſprechen. was mäi*ŋŋ*št was meinſt bu, vgl. §. 15.

Häufig werden Naſal unb homorgane Spirans burch Einſchub ber homorganen Explofiva getrennt, nämlich in folgenden Fällen: mönntš (mönntše) m. ber Menſch; ranntse (ränntse) m. ber Wanſt mhb. ranse; manntsele-blueme f. Narcissus Pseudonarcissus im Gegenſatz zu manselbluem ber Munbart von Leerau, Hunziker S. 176; fernommpft f. bie Vernunft. In allen Fällen, wo *η + χ* zuſammenſtoßen würde, tritt k bazwiſchen; während mhb. kёc in J M. *χ*ä*χχ* ergibt, entſteht aus kranc ein *χ*ra*ŋŋ*k*χ*.

Wenn bei Verben, beren Wurzel auf n ausgeht, š als Ex= ponent ber 2. P. Sg. verwendet wirb, tritt ſtets t zwiſchen n unb š. was mäintš was meinſt bu? de rönntš au bu rennſt boch. Wirb als Exponent št verwendet, ſo kann t bazwiſchen treten ober wegbleiben. Ganz gleich gebräuchlich ſinb mäinšt unb mäintšt, rönnšt unb rönntšt.

Verben auf nd werden behandelt, als wären ſie ſolche auf n. de fenntš, fenntšt, fennšt bu finbeſt.

Du kommſt heißt *χ*oušt (Malters *χ*ušt) neben *χ*onntš, *χ*onntšt, *χ*onnšt.

Aehnlich ſtehen neben einanber dienšt unb dientšt m. ber Dienſt. In A M. bebeutet dienst auch Dienſtbote. Stabtrecht von Luzern S. 56 Ob aber ein dienst von sinem dienst gienge vor und ee sin meister vnd frow abstürben. Amtsrecht von Knutwil vom Jahre 1579, abgebruckt in ber Zeitſchrift für ſchwei= zeriſches Recht 1882 ein dienst es syge wyb ober man. Habs= burger Amtsrecht 372 So aber Einem ein dienstknecht oder junckfraw ohne eehafte nothwendige ursachen uss dem jar gienge, dann soll der Meister dem dienst keinen lohn zu geben schuldig syn. In J M. iſt bieſes Wort Plurale tantum: dienšte Dienſtboten.

Aus ben ſchwachtonigen Ableitungsſilben mit ns wirb n ſtets ausgeſtoßen, wie überhaupt bei ſolchen Ableitungsſilben. Dafür tritt aber ber Sibilant ſtets als Fortis auf, während bei nd u. ſ. w.

66

diese Verstärkung nicht stattfindet. sägesse f. mhd. segense; wägesse f. mhd. wagense. Ebenso weisen die obigen weisse, treisse, göisse die Fortis auf, wöise hat dagegen Lenis für zu erwartende Fortis. Ueber ss vgl. noch §. 39.

24. Die wichtigsten Verbindungen der Zischer mit andern Lauten: ts.

I. ts entspricht mhd. z oder tz im An=, In= und Auslaut.

tsilete f. die Zeile, Weiterbildung zum mhd. zîle; auch A M. Wächter Gfb. 8, 242 do sachen wir 10 schöner schiff daher faren alle glich einandren nach, an einer zileten.

tsänne (tsännet) mhd. zannen die Zähne fletschen, grinsen, flennen. ** De Föhn zännet der Föhn droht. Salat schilt S. 79 und 84 Die Katrinn Meyerinn zennerli, zennfüchsi; das bedeutet flennende Weibsperson zu obigem tsänne. Beweisend ist auch fol= gende Stelle, wo tsännerli mit briegga (zu brieke flennen) zu= sammengestellt ist, S. 85 Darum las du vnd din briegga üch nit blangen, ich wil kon vnd dine buobenbrief minen gnädigen lieben herren als trülich fürlegen, das dir vnd dim zennerli ja statt vnd land, ouch die 5 ort zue eng werden muos.

tsäpfe (tsäpft) sich davon machen. Salat 136 Ich huob schnell, zapfte mich von stat, mit ilen mach ich mich davon. A M. zwitzern in: Warhafftiger Bericht von den New- erfundenen Japponischen Inseln auss dem Italienischen in das Teutsch übersetzt durch Renwardum Cysatum, Burgern zu Luzern 1586 (der zweite Teil enthält japanesische Originaltexte in chinesischer Schrift) 164 noch hat es eine andere sondere Sect, deren nachfolger haben krause zwitzernde Haar; Seiler 330 zwizeren glänzen, schimmern.

tsäïie u. das Zeichen. Wenn jemand stirbt, werden in Bero= Münster gleichdarauf, anderswo am folgenden Tage beim Gottes= dienst alle Glocken geläutet, dieses heißt Paba ännd + tsäïie Samhita änn-tsäïie u. das Endezeichen; bäti-tsäïie heißt das Medaillon am bäti Rosenkranz; för-tsäïie die Vorhalle der Kirche umgedeutet aus lateinischem porticus.

A M. cepplon ält. Stadtbuch 354 Ovch ist der rat vber

ein komen, das nieman in der stat spilon noch cepplon sol. Vielleicht ist das Schachzabelspiel verstanden.

A M. zirne. Japp. Inseln 1, 54 ein Bildhäusslein mit einer Soul vnnd zirnen Baum ausserhalb; 1, 68 Facklen von Zyrnenholtz, so ein Geschlecht von Tannen. Lexer 3, 1134 zirnuʒ.

setse (ksetst) setzen. de grennd ober höflicher de χopf setse eigensinnig sein. Häfliger ** Und d'Freiheit stod wi d'Bärge fest, so bald e keine setzt de Grind. sets-χopf (sets-χöpf) m. und sets-grend (sets-grende) m. der eigensinnige Mensch.

rätsli n. Franseu, teilweise ausgefaserter Stoff. Vgl. Stalber 2, 262.

mätsli n. der weibliche Hund, zu mhd. metze.

ärtseli n. ein Fisch. Vierwald. See 93 Von dem Aertzele. Diss ist ein klein, aber wnnderschön hurtig vnd lustig Fischlein; 21 Etliche haben Schüepen als Barb, Esch Ertzelein Blieggen Krüschling.

Pada ab + tswakχe Samhita ap-tswakχe (ap-tswakχt) abschwindeln. Salat 290 alle die uss dem evangelio und geschrift stelend und usshar zwackend was inen allein anmuetig ist; mhd. zwacken rupfeu.

giritse, geretse, grötse mos (Hochton auf gi, ge) n. der Sammelplatz der alten Jungfern. ** Die g'hört uf's Girize Moos sagt man von einer alten Jungfer. Bei Jneichen klagt die arme Gret, die keinen Mann kriegen kann ** Die Sach, die macht mi bald schier grau, i fürchte s'Gyrize Moos. Sutermeister führt 101 diese Redensart auch aus dem Kanton Zürich an.

onnts und onntsig Adv. unterdessen zu mhd. unz. Dieses Wort wird nur noch sehr selten gehört, Häfliger und Jneichen brauchen es häufig. Häfliger ** Händel stiftid si bi de Chinde, dass se si unzig chönid schinde. Ferner ** Drum chömid chon ässe und bschlüssid unz d'Schür.

pflets f. heißt in Bero-Münster die Vorhalle der Stiftskirche, in A M. unter der Form Gefletz erwähnt, Gfd. 11, 242 Jahr 1615 sepultus est in vestibulo ecclesiae nostrae, quod vulgo Gefletz vocatur, zu mhd. vletz.

bläts m. mhd. bletz Lappen, Landstück, Ausschlag im Gesicht, Schürfung; tsäme-blätse (tsäme-plätset) zusammenflicken, auch

68

A M. Wächter Gfb. 8, 199 Also namen wir all vnser alten Sägel vnd Bletztend sy zusammen vnd machten ander Sägel. Früher schon wurde bletsg erwähnt. Unter Anlehnung an dieses Wort hat sich gebilbet platsg (plätsg) s. der Platz, neben plats unb blätsg neben häufigerem bläts.

morts nur in ber Phrase ts morts ferslo in kleine Stücke schlagen, zu mhb. murz das kleine Stück.

soλts Ortsname, vgl. Lexer 2, 1294 sulz als mittelrh. Flur= namen. Findet sich in soλts geschrieben Sulz Gfb. 11, 106 sulz unb in bodis-hoλts geschrieben Buttisholz, das in frühern Zeiten stets Buttensulz geschrieben wurde. Gfb. 17, 253 Jahr 1228 butinsulz. Es hat hier Umbeutung stattgefunden unter Anlehnung an das Wort hoλts Holz, Gehölz.

χots-beλts heißt in Bero=Münster der Hermelinpelz der Chor= herren. Früher vertrat ein Ziegen= ober Schafsfell bessen Stelle. Es gehört zu mhb. kotze, vgl. kutzmentelin Lexer 1, 1806.

pflännts Pl. tant. Grillen. pflännts maχχc bumme Streiche machen, sich tolpatschig aufführen. G'spaß und Ernst ** G'schwind ie und zum Meitschi zue, mach mer aber nid Pflänz und tue öppe wi's de Bruch ist.

bärtse (pärtset) fränkeln. Mhb. ist bürzel Name einer spe= ziellen Krankheit.

tanntse (tanntset) tanzen. Wenn einer lange verbrießlich gewesen unb bann enblich heiter wirb, sagt man ** s'chund em wi im alte Wib s Tanze.

χats siehe folgenden §.

erhetsge (erhetsget) erhitzen. Schilling 239 dieselb mur von dem für erhitzget; Pestbüchlein S. 9 zu vil kleidung so den Lyb erhitzigendt.

wats zu gleichbebeutenbem agf. hvät; bie ahb. Form hwass liegt etwas ferner.

spetsli m. bie Spitzen als Schmuck; špetsli-χrämer ber Spitzen= händler b. h. ber schlaue Mensch.

boλts mhb. bolz, nur noch in boλts-grad schnurgerabe. Kaltschmibt führt 682 ben Ausbruck pfeilgerabe an.

glannts m. wolkenloser, glänzenber Himmel, besonders zur Nachtzeit. Erbbeben Gfb. 3, 112 das doch wunderbarlich, wyl kein wind und aller Glanz und still schön wetter.

A M. flitz. Vierwald. See 33 Die Goldforelle hat jhren Namen vom Gold dann sie last sich gern finden in den Wasseren, die Goldflitzen führen; S. 40 dass die Rotfornen von Goldflitzen leben.

χrotsi n. bie elenbe Hütte, baš armfelige Zimmer, ber Ver= fchlag, zu nlb. krot bie Hütte.

A M. Glenz ber Frühling. L. Cyfat 33 Die Grundforenen sollen sich auss den Seen in die Flüss herauff lassen, aus dem Genffersee im glentzen; 174 Da aber der Gläntz oder Früheling herbey kommen. Mhd. glenz.

pfötse (pfötst) fchnell irgenb wohin rennen, etwas Kot fahren laffen (von Vögeln gefagt). Jneichen ** E Fink han i im Pfarrer g'gä, der zahm und schlot so schön; de Fink hed nur chli pfützt is Glas; Salat 135 Also pfitztend's zum Felsen herein.

II. Verben ber jan=Klaffe mit höchfter Steigerung beš Wurzel= vokals, beren Wurzel auf got. Stufe auf t enbigt, wanbeln in Mhd. biefeš t in z, in J M. in ts.

šmäitse (kšmäitst) bie Rute geben mhd. smeizen.

bäitse (päitst) einbeizen mhd. beizen.

šwäitsi f. heiße Butter mit Zwiebeln; Paba ab šwäitse, Sam= hita ap-šwäitse (ap-kšwäitst) folche Butter auf Speifen gießen. Eine lange Rebe nennt man fpottenb ** e laηηi šwäitsi. Mhd. sweizen.

A M. schleitzen. Feer Gfb. 2, 133 das sy das selbig nüw gotzhus ganz zerstörten und zerschleizten; 138 vermeintend ouch die ganz eidgnoschaft ze schleitzen; Schilling 143 zugend in dz Hege, fiengend an das schleitzen; Salat 108 Zerstörung, zerschleizung, widerker der kilchen und armen lüten schaden.

rätse (krätst) fich in Gährung befinben, zu mhd. raeze.

rötse (krötst) piffen mhd. roezen.

flötse (kflötst) flößen mhd. vloezen.

šprautse (kšprautst) fpritzen zu spriezen.

bautse nur im Part. omm-pautst zu biezen beš D W B. Eš heißt alfo eigentlich unbehauen, wirb aber nur im übertragenen Sinne: roh, bengelhaft, angewenbet, zu vergleichen mit ungefchliffen.

Eš ift wohl zu beachten, baß rötse unb flötse ben Diphthong kontrahirt haben unb Umlaut zeigen, währenb bie beiben letzten nicht kontrahirteš, nicht umgelauteteš au aufweifen.

Vgl. šläikχe unb šläipfe §. 6!

Mhb. grüeჳen erſcheint in J M. als grüesse mit ss.

Mhb. büeჳen iſt in J M. in büetse unb püesse bifferenჳirt.

büetse (püetst) bebeutet flicken. püesse bebeutet abbüßen unb be=
friebigen, letteres nur in ber Phraſe ** De Glust büesse ſein
Gelüſt befriebigen. Da bei ſolchen Verben ts bie Norm iſt, ſo wirb
wohl bei püesse unb grüesse bas ss burch Anlehnung an bie
Subſtantive puess unb gruess entſtanben ſein.

III. Beſonbere Betrachtung verlangen bie Ausgänge mhb. uz
unb uჳ.

a) Mhb. uჳ unb J M. oss hat nur noss (noss ober nöss)
ſ. mhb. nuჳ.

b) Mhb. uჳ unb J M. ots haben

šots (šöts) m. mhb. schuჳ.

gots (göts) m. mhb. guჳ.

šprots (špröts) m. Soviel, als auf einmal geſpritt wirb.

Stalber führt 1, 236 ein Brutz ausbrücklich für Luჳern an,
gleichbebeutenb mit obigem sprots. Mir iſt bas Wort unbekannt
unb bürfte wohl ſeit Stalbers Zeit (1806) ausgeſtorben ſein. Es
gehört ჳu mhb. brieჳen wie bas gleichbebeutenbe šprots ჳu ſprieჳen.

c) Mhb. uz unb J M. ots haben:

nots m. mhb. nuz,

štots (štöts) m. plötlich beginnenbe ſteile Strecke einer Straße
mhb. stuz.

šmots (šmöts) m. mhb. smuz Kuß.

d) Mhb. uz unb J M. oss hat fertross m. mhb. verdruz.

e) Mhb. nicht belegt iſt rots m. bie Weile ჳu ahb. riozan,
man ſagt ja auch „bie Zeit verfließt". Bucher ** Do chund dä
umpautst Rägegutz, ietz mues er für ne chline Rutz halt
understo.

f) Mhb. schutz praesidium iſt in J M. nicht vertreten.

g) Neben einanber laufen in J M. šmots m. mhb. schmuz
unb feršmosle (feršmoslet) beſchmutzen; kšmoslig ſchmutzig.

s für ჳu erwartenbes ss finbet ſich vor l noch in einem Falle.
Zu gäiss Ziege bilbet Leerau (Hunziker 102) bas Verbum ome-
gäisse. J M. hat eine Weiterbilbung ome-gäisle (ome-käislet)
wie eine Ziege ſich herumtummeln. Vgl. auch Lenis š vor l,
§. 11 VII.

IV. Sprechspiele mit vielen Zischlauten sind:

Paba ts šwits šint t sonne tswöšše tswö tšwäkšte bo‌ime
as s tsit. Samhita tšwitšint sonne tswöšše tswö tswäkšte-böimen
a s tsit. In Schwiz scheint die Sonne zwischen zwei Zwetschen=
bäumen an die Kirchenuhr. Wetsbeler metsger wets mer s metsger‌mässer. Metzger von Wetzwil, wetze mir das Metzgermesser.

25. χats.

Die Katze heißt in I M. χats (χatse) f. als Gattungsname;
der Kater heißt mauder oder möider (möidere) m. Die weibliche
Katze nennt man χätslere f.; χätsle (kχätslet) Junge werfen; χats
bedeutet ferner Gelbgurt und Maschine zum Einrammen von
Pfählen. busi oder büsi n. bedeutet ebenfalls Katze, ist aber ein
Wort der kosenden oder der Kindersprache, nlb. poes. busle f. be=
zeichnet eine größere Katze, eine Bildung wie das früher erwähnte
hasle. Das Deminutiv heißt χatseli, χätsli, χätsi, das von busi
heißt buseli oder büseli n. Oft sagt man auch beide Wörter zu=
sammen χatse-busi n.

χatse-pfäišter n. heißen die Butzenfenster der alten Bauernhäuser.

χatse-šwants (χatse-šwänts) m. ist das Equisetum arvense.

χatse-wörtse f. heißt die Valeriana officinalis.

χatse-šproηη (χatse-špröηη) m. der Katzensprung, d. h. eine
kurze Strecke Weges.

Die Katze wird gelockt mit büs, büs und gescheucht mit χats, χats.

Von einem, der wenig ißt, sagt man ** Der isst wi nes Chätzi,
wi nes Büsi.

Ueber ein schmächtiges Fräulein gibt man das Urteil ab
* Si ist nur so nes Büsi.

Wenn einer fälschlich glaubte, einen guten Schick getan zu
haben, sagt er ** I ha g'meint i heig d'Chatz bim Stil.

Ueber ein Ding, das viele Farben hat oder über einen Men=
schen, der bald mit der einen, bald mit der andern Partei zieht,
sagt ein spezielles Bero = Münsterer Sprichwort ** De hed all
Farbe wi s'Tuklis Chatz.

Wenn etwas sich dem Ende nähert, sagt man ** Jetzt god
de Chatz de Stil oder s'Hoor us.

Von einem, der sich unsinnig geberbet, heißt es : ** de tued wi ne Chatz ame Gatter, ame Hälsig, im Horner.

Jemand, der etwas um jeden Preis durchsetzen will, versichert ** I tuen es und wenn's Chatze haglet.

Von Leuten, die bald zanken, bald sich freundlich begegnen, sagt man ** Si hend's zäme wi Hund und Chatz. Gleichbebeutend ist das Sprichwort ** Bald schläcked si enand, bald frässed si enand.

** Das macht i de Chatz ke Buggel das hat nichts zu bedeuten.

Allgemein verbreitet sind die Redensarten ** e Chatz im ene Sack, im ene Chratte chauffe. De god drum ume wi ne Chatz ume Bappe.

Kinderlieder, worin die Katze figurirt, sind:

Der Pate.

** Eusi Chatz hed Jungi gha
In eren alte Zeine,
Der N. hät selle Götti si
Jetz ist er nid de heime.

Eine ziemlich abweichende Variante bietet Hunziker S. 307.

Das Abc.

** Abece,
D'Chatz god übere See,
De Hund god übere Bach,
Wenn si umme chömid,
Sind bedi säme nass.

Hunzikers Variante siehe S. 1.

Die häßliche Maske.

** Einist bin i über d'Heid useg'lauffe,
Ha wellen es bar Stiere chauffe,
Do hemmi mini Bei nümme möge träge,
Do bin i i Gots namen is Gras abe g'läge,
Do ist mer e Mus dur's Mul ie g'schloffe
Und di ferfluemet Chatz au noche.
Heisst das nid g'litte, heisst das nid b'büesst,
Drum bin i so wüest,
Won i no gsi bi chli
Isch kes schöners Aengeli gsi.

Es ift Volksglaube, daß Befuch zu erwarten ift, wenn fich die Kaße pußt.

Sachen, die fich weich anfühlen laffen, wie der Pappus des Leontobon, Floden von Wolle oder Baumwolle, weiche Quaften heißen buseli u. Die Kleiberreform von 1732 fagt S. 9 Wormit die new auffgebrachte Strau- und Buseleinarbeit verboten seyn; S. 10 Die Palentinen von Buselein betreffend seynd selbe den Burgers- Bey- und Hindersässen Frawen erlaubt. Damit ift zu vergleichen die Stelle bei Stalber 1, 248 Buselkappe leberne Müße, beren Saum mit Pelz, Wolle geränbert ift.

Ein energielofer Schwächling heißt büsˁλ m.

Offenbar liegt all biefen Wörtern busi, buseli, büsˁλ ber Begriff des Weichen, des Weichlichen zu Grunbe.

26. Die Sippe schuz.

Mhb. schuz erfcheint in J M. als šots.

Unfere ältere Sprache kennt burchaus nur die Form schutz, bei Wächter, Schilling, Vierwalb. See, Japp. Infeln unzählige Male. Das Militärreglement von 1682 hat nur schutz, z. B. S. 8 Mussquetierer macht euch fertig zum Schutz; basjenige von 1747 hat Schuss unb Schutz neben einanber, basjenige von 1751 hat nur Schuss, ebenfo bas von 1757, wo allerbings die Form nur einmal vorkommt, S. 70. Die Feuerverordnung vom Jahre 1788 hat ebenfalls nur Schuss, S. 13, 18, 21.

šots heißt ferner eine bebeutenbe Sache, wirb aber in biefem Sinne nur ironifch gefagt. ** Das isch e Schutz.

šots junger Holzwuchs. Die Holzverordnung im Amtsrecht von Knutwil fagt S. 409 wo zum unschedlichsten und dem jungen schutz ohne schaden solche alte stöckh köntent ausge-stocket werden.

šöts (sötse) m. ber Schütze.

šötslig m. ber Schößling, ber lange, magere Burfche.

šötsig (sötseger) jähzornig.

A M. schützisch. Salat nennt den Schulmeifter Künßi „ein bachantischen, schützischen, hargelouffnen buoben" S. 80 u. 81 zu mhb. schütze tiro.

A M. schützeli ein Fisch. Das ält. Stabtbuch sagt S. 353
Swer dehein klein schützeli vnd hasel in disem ampte vahet
in Rüschen ald in berron. Der Name kommt vielleicht vom
schnellen schwimmen her. Siehe unten šiesse.

šoss n. junger Trieb mhd. schoʒ.

šössli Dem. zu šoss.

šoss-gable f. Hölzerne Gras= oder Heugabel mit drei kurzen
eisernen Zinken, unüberlegt handelnder Mensch.

šossele (kšösselet) blindlings auf etwas losrennen, unüber=
legt handeln, dazu das Namen Agentis šosseli und das Adj.
kšosselig.

Paba ab + šössele Samhita ap-šössele (ap-kšösselet) einen
manierlich fortweisen, wohl zu šiesse in der Bedeutung stoßen.

Mhd. Verben der u Klasse mit Vokal=Wechsel in den Präsential=
formen haben in J M. durchweg ü oder durchweg ie. So hat šiesse
durchweg ie. Es bedeutet schießen, davon das Subst. šiesset (šiessete)
m. das Schützenfest; ferner stoßen, ewäk-šiesse wegstoßen; dann eilig
rennen, schwimmen, fliegen; und endlich blindlings drauf losrennen,
unüberlegt handeln. Davon das Sprichwort ** De schiest wi ne
Muni ine Chrishuffen ie er rennt wie ein Farre in einen Tann=
reisighaufen hinein; und das imperativische Subst. šies-i-hag m.
Renne in die Hecke = der unbesonnen Handelnde.

Mhd. beschiezen hat in J M. das ü konsequent durchgeführt.
s pšüst, si pšüsid es nützt, sie nützen.

27. Die Verbindung tš.

I. tš findet sich in mehreren Interjektionen; auts Ausruf des
Schmerzens, des Ekels; ätš, äitš, äitši Ausrufe des Ekels; von
auts und äitš sind die früher erwähnten autši und äitši abge=
leitet; tšo Zuruf an Zugtiere, zurück oder weg; rätš in rätš e
wäk ganz weg.

II. Onomatopoetische Bildungen wie das nhd. Klatschen sind:
watš (wätš) m. und tatš (tätš) m. der Schlag, die schallende
Ohrfeige, davon die Verben wätše und tätše (kwätšt und tätšt)
beohrfeigen, schlagen.

pletše (pletšt) ins Wasser plumpsen, umpurzeln, mit Wucht

herunterfallen, zum Beispiel vom Regen gesagt; hieher gehört das Substantiv Platschregen im Spiel vom jüngsten Tag S. 10.

rätše (krätšet) Hanf schwingen, schwatzen, letztere Bedeutung auch in A M. Schilling 20 alss denn zuo Franckfurt viel rätscher vnd cleckstein sind; Salat 178 ouch die unsubern giftigen krotten rätschend und murrend über min unffueg doch trüw herzlich warnung; S. 190 Ersuochend list fünd anschleg ful sachen mit lügen verrätschen und wie man's trifft; räbe-rätš u. heißt zerquetsche Brassica Rapa, die man als Heilmittel benutzt.

tšädere (tšäderet) vor Frost mit den Zähnen klappern, der Aussprache und Bedeutung nach mit engl. to chatter zu vergleichen.

fletše oder pfletše (ferpfletšt) Wasser verschütten, zu dem Sub=stantiv A M. flatz, Vierwald. See 218 Neptun trävt nichts soll ihm entfliehen stürmbt an den Platz mit Wällen flatz, muss doch mit Schand abziehen.

Einige dieser Wörter sind auch mhd. belegt, z. B. ôrwetzelin, tetschen, bletschen.

III. tš ist Anlaut verschiedener Substantive, die alle einen dummen, plumpen Menschen bezeichnen. Jedes hat zwar eine feine Begriffsnuance, die sich aber nicht übersetzen läßt. tšammpᶜλ (tšammple); tšommpᶜλ (tšommple); tšomi (tšomene); tšak (tšake); tšükᶜλ (tšükle); tšoli (tšolene); tšöli (tšölene); tšeηηkᶜλ (tšeηηkle); tšope (tšöpe). Stalder führt für Luzern noch ** Tschülfi, Tschalfi, Tschalpi an, die mir unbekannt sind. Sie dürften wohl seit Stal=ders Zeit ausgestorben sein. Alle sind Mas. Etymologisch weiß ich keines zu erklären.

IV. tš ist Anlaut der Luzerner Familiennamen Tschiri und Tschop, gesprochen tširi und tšop. Darf man bei ersterem an einen Personennamen denken, dessen erster Teil agf. tir entsprechen würde? Dem Lautstand und der Bedeutung nach läge kein Hinderniß vor, nur mangelt der historische Beleg.

Mit tš beginnen vier Luzernerische Ortsnamen: Tschepertslehn, Tschucken, Tschädegen, Tschuepis. Der erste wird tšäperts-len (Hochton auf len) gesprochen. Gfd. 6, 45 Jahr 1305 das güetly ze scheperslene.

V. So oft in J M. λ und š zusammenstoßen würden, tritt ein t zwischen beiden auf. Die Fälle sind: χöλts m. mhd. kölsch;

76

faλtš (feλtšer) mhd. valsch; wäλtš mhd. welsch; höλtše f. mhd. hülse, das s nach §. 11 IV.

Aehnlich findet sich dieses t in einem Falle auch zwischen λ und s, nämlich in boλts m. der Puls; dagegen haλs der Hals, u. f. w.

VI. tš entsteht in einigen Fällen durch sogenannte unrichtige Abteilung.

Zu mhd. schiec bildet J M. ein Verbum mit der Vorsilbe fert. fertšieke (fertšieket) die Absätze der Schuhe schief treten. Indem nun neben fert ein oft gleichbedeutendes fer mhd. ver läuft, welch beide in vielen Wörtern neben einander figuriren, z. B. fer-šloffe und fert-šloffe verschlafen, hat nun der Sprachgeist bei diesem fertšieke, fer und tšieke abgeteilt. So heißen denn die beiden andern gleichbedeutenden Komposita abe-tšieke und us-tšieke.

Mhd. diu schuope heißt J M. t šüepe mit aus dem Pl. eingedrungenem Umlaut. Hier ist auf ähnliche Weise das t als zum Substantiv gehörig angesehen worden, so daß man jetzt mhd. ein schuope sowohl durch e šüepe als durch e tšüepe wider- gibt. Aehnliche Fälle in der Kerenzer Mundart, Winteler 48.

VII. In Bero=Münster hieß das alte Fleischerhaus šoλ f. mhd. schäle und die große steinerne Treppe daneben t šoλ-štäge. Jetzt ist der Name šoλ abgekommen, und aus t šoλ-štäge ist durch Verwachsung des t und Umdeutung tsol-štäge die Zolltreppe ge= worden; tsoλ (tsöλ) m. der Zoll.

VIII. Euphemistische Formen für tüf'λ der Teufel sind tüks'λ und tütš'λ.

IX. Mhd. wischen bedeutet sowohl wischen, scheuern als schnell bewegen. In ersterer Bedeutung lautet es in J M. wöšše (kwöššt). In letzterer wötše in den beiden Kompositis ferwötse (ferwötšt) erwischen und fertwötše (fertwötšt) entwischen. Letztere Form ist auch in A M. oft belegt. Erdbeben Gfb. 3, 106 als ob ein halb dotzet Männern durch das Gemach hin vnd wider wütschend; Salat 51 erwütschts in d'arm und wil si überringen; Vierwald. See 185 Ein ehrlich Mann zu Gersau hat auff ein Zeit ein läbenden Haasen gefangen vnd selbigen einem seiner Söhnen heimzutragen geben, dem er entwütscht; Jüngste Tag S. 79 Gog wütschett gewapnet vff.

X. tš ſteht ferner in folgenden Wörtern: mötš (mötšer) be=
zeichnet die Zerſetzung der Äpfel unmittelbar vor dem Faulen
χätše (kχätšet) mhb. quetſchen.

tötše (tötšt) quetſchen, harte Gegenſtände zuſammenſchlagen,
zu tuschen, tuzzen Lexer 2, 1589 und 2, 1592.

löitše (klöitšet) herumvagiren.

rötše (krötšt) nhb. rutſchen.

potše und pötše (pötšt) nhb. putſchen. pötše bedeutet putſchen,
die Gläſer beim Geſundheittrinken anſtoßen, potše bedeutet nur
das erſtere.

A M. butsch ſiehe folgenden §.

tšup m. Schopf; tšupe (tšupet) beim Schopf nehmen; tšopele
f. der Büſchel. Beide dürften zu mhb. schopf zu ſtellen ſein.

Einige tš wurden ſchon erwähnt, andere werden noch folgen.

28. Butsch.

Das Luxusedikt vom Jahre 1685 ſagt S. 20 Schliesslichen
wollen Wir hier auch beygesetzt haben die Putschheuser al-
hier, weilen mit denselben eben auch nit wenig Vnordnungen
verspühret werden, vnd wollen hiemit nochmahlen gesetzt haben,
dass deren ein gewüsse Zahl vnd mehr nit alls 4 in der grossen
Statt vnd 2 in der klein Statt seyn sollen. Wir wollen aber
auch, dass solche Putschhäuser an keinen verdächtigen Wincklen
seyent, auch dass der Putsch keineswegs in den Putschhäussern
vertruncken, sondern allein bey dem Zapffen vber die Gassen
weggeben werde.

Die Wirtſchaftsverordnung von 1762 ſagt Denen Butsch-
Wirthen ist erlaubt, neben Butsch auch Käss und Brod zu geben.

Stalber 2, 505 ſagt: Butsch Obſtwein, in der Stadt Luzern.

Die Richtigkeit der Angabe Stalbers leuchtet klar aus folgendem
Paſſus hervor. Im Mandat über Obſtverkauf vom Jahre 1794
heißt es: Da nicht nur durch diesen Für und Aufkauf diese
Nahrung rar und theuer gemacht wird, sondern auch das über-
triebene Mosten und Brennen vieles beytragt, Als haben wir
befehlen wollen, kein zahmes Obst weder zu verputschen noch
zu brennen.

29. Das s in der Deklination.

Die Deklinationsverhältnisse von J M. find gegenüber den=
jenigen des Mhd. völlig zerrüttet.

Der einzig fichere Fall eines Maskulins der a Deklination ist
wohl arm der Arm, Pl. arm.

Die i=Deklination hat ungemein an Terrain gewonnen; honnd
hat im Plural hönnd ein mhd. * hünde.

Stark und schwach find vielfach ganz durcheinander geraten.
tag der Tag hat im Pl. täg nach der i=Deklination oder tage nach
der konsonantischen.

Sehr häufig find Mischformen aus stark und schwach. χrafft f.
die Kraft hat im Nom. Pl. χreffte mhd. * kreften. mueter hat
müetere mhd. * müeteren.

Die sehr zahlreichen Subst. auf i haben, wenn sie m. oder f.
find, im Pl. ene; wenn n., bleiben sie unverändert, z. B. bäsi
Pl. bäsene; hosi Pl. hosi.

J M. unterscheidet im Sg. Nom. und Gen., im Pl. Nom. Gen.
und Dat. Man muß Nom. Sg. und Pl. kennen, um daraus die
andern Kasus zu bilden.

Der Dativ. Pl. setzt ein e an, falls nicht schon eines da ist.

χläid das Kleid, χläider die Kleider, a de χläidere an den
Kleidern.

Alle Subst. auf i, auch die n., haben im Dativ. Pl. ene,
z. B. Pl. Nom. hosi, Dat. hosene.

Der Genitiv setzt für alle Geschlechter, Zahlen und Deklinations=
formen ein s an und zwar im Sg. an den Nom. Sg., im Pl. an
den Nom. Pl.

Einige Paradigmata:

puer	bueb	proba	brob
pueri	bueps	probae	brops
pueri	buebe	probae	brobe
puerorum	buebes	probarum	brobes
pueris	buebe	probis	brobe

vestimentum	χläid	vestimenta	χläider
vestimenti	χläits	vestimentorum	χläiders
	vestimentis	χläidere.	

Wenn ein Wort auf ss endigt, so geht das s des Genitivs in der Fortis auf: ness f. das Lausei, Gen. ebenfalls ness.

Diese Verwendung des genitivischen s ist in sprachpsychologischer Hinsicht nicht ohne Interesse. Für die einheitliche Kategorie: Genitiv ist ein einheitlicher Exponent: s konsequent durchgeführt. Vgl. indessen noch unten s meiiesse.

Der Genitiv wird in J M. nicht mehr so häufig ˈangewendet wie in Mhd., jedoch, so viel aus den Ausführungen von Hunziker S. 49 und Winteler S. 168 zu erhellen scheint, viel häufiger als in andern Mundarten.

I. Der Genitiv steht als Gen. Part. bei was quid, öpis und nöiis aliquid, seltener bei me plus. was tsüks quid rei zu tsüg res; öpis gälts aliquid pecuniae zu gäld pecunia; nöiis gäλdlis aliquid * pecuniolae zu gäλdli * pecuniola; Rämmert vom Mösli ** Woner do hed müesse über äne go, hed er nur no neuis Chleiders hinderlo. me lueges mehr zu schauen.

Sehr gerne wird ein Fluchwort auf solche Weise verwendet. ** Was Cheibs, was Donnerlis, was Güggels, was Tüxels.

II. Der Gen. Part. findet sich bei knue satis, wenn es nachsteht. Geht es vor, was seltener ist, so hat es den Nom. nach sich: gälts knue satis pecuniae; lüts knue satis hominum zu lüt homines; saχχes knue satis rerum zu Sg. saχχ Pl. saχχe res; glesers knue genug Gläser. ** Me hät chönne meine, si hättid afe Buebes gnue. Zneichen ** Und hät mer au nid Chreftes gnue, me suechtete si im Gebät. Häfliger: Jetz stritid's a, so lang der wend, sind das nid Probes gnue. Redensart: ** Der ist Chues gnue er hat genug von einer Kuh an sich, d. h. er ist so dumm daß . . . .

III. Der Genitiv steht bei ungefähren Maß- und Zeitbestimmungen: tumes tekχ so dick wie ein Daumen (tume); börstes tekχ so dicht wie die Haare einer Bürste (börste) f.; es föifis laηη so lang bis man fünf Vaterunser (föifi n.) gebetet hat. tswöi föifis laηη so lang bis man zweimal fünf Vaterunser gebetet hat. föifi ist Sg. und Pl. χnöis töiff knietief. Rötelin ** Chneus teuf im erste Schlof do liggid di Senne und schnarchlid. kχes ness gross nicht einmal soviel als ein Lausei groß ist. mas höχ so hoch wie ein Mann. ** D'Matte ist Mas höch übersarret die Wiese ist bis zu Mannes Höhe mit Geschiebe überdeckt.

Wörter wie eλ Elle, liter Liter u. ſ. w. ſtehen dagegen nicht im Genitiv. drei eλ̣e laηη.

IV. Der Gen. Poſſ. Während I, II, III den Artikel nicht bei ſich haben, ſind IV und V ſtets von ihm begleitet. Nur die Bezeich= nungen perſönlicher Weſen können einen Gen. Poſſ. bilden, und dieſer iſt nur in Sg. gebräuchlich und ſteht vor: s faters hus das Haus des Vaters; s mueters huet der Hut der Mutter; s babis χläid das Kleid der Barbara (babi n.); s noχbers frau die Frau des Nachbars (noχber); s gotes wissi hörli der Patin (gote ſ.) weißes Haar; s tüf'λs taηηkχ der Dank des Teufels d. h. der Undank, s feηηer-šniders bet Eliſabet, die Tochter des Handſchuhmachers; s möss'λs männts Klementia, die Tochter des Anſelmus.

Einige Subſtantive, deren Genitivbildung unter IV und V fällt, haben als Genitivexponent e mhd. en ſtatt s. Es ſind das die Geſchlechtsnamen, die auf einen Ziſcher oder auf ig mhd. inc und unc endigen und vereinzelt auch andere, zumal einſilbige. s woλfe šür die Scheune (šür) des Herrn Wolf.

Statt der Genitivbildung auf s und e kann bei VI auch die Umſchreibung mit Dativ und Poſſeſſivpronomen eintreten. Samħita i de goten ere huet der Hut der Patin.

V. Der bloße Genitiv von Geſchlechtsnamen bezeichnet die Familie, den Kreis, die Angehörigen desjenigen, der den betref= fenden Namen trägt. s feššers die Familie Fiſcher; bi s hausis bei der Familie, die den Zunamen hausi hat; ſo s meiiesse von der Familie des Jeremias (meiis); s gerege die Familie Gering; s pösse nänni die Anna Böſch.

Wenn man ſich eines Namens nicht gleich erinnern kann, ſo ſubſtituirt man dafür deηη Ding, das ſowohl den ſtarken als den ſchwachen Genitiv bildet. s deηηs und s deηηe.

Wenn das Subſt., das in den Gen. geſetzt werden ſollte, eine Beſtimmung bei ſich hätte, ſo braucht man denſelben ſehr ſelten; man wählt lieber eine andere Konſtruktion. nöiiis aλti χläiders iſt viel ſeltener, als z. B. es bar aλti χleider. Das begleitende Adj. ſteht unflektirt wie oben tswöi föifis laηη. Nur „ein" und „kein" ſowie die Poſſeſſivpronomen bilden den Genitiv es, kχes, mis, dis, sis, öises, öiies, eres, z. B. mis mueters huet. Anderswo als in dieſen Verbindungen und in denjenigen unter VII werden übrigens dieſe Gen. es, kχes auch nicht verwendet.

Die bisher aufgezählten Fälle von Genitiv leben in der Mundart noch kräftig fort. Es folgen versteinerte Ueberreste von Konstruktionen, die einst ganz gebräuchlich gewesen sein müssen.

VI. Paba ab si Samhita ap si los sein regiert den Genitiv nur in der Phrase s marters ap si von allen Plagen erlöst sein. * Der ist s'Marters ab sagt man, wenn ein Armer, ein Unglücklicher gestorben ist.

laχχe (klaχχet) lachen regiert den Genitiv nur in der Phrase s elänts laχχe über das Elend, d. h. über eine tragikomische Szene lachen.

a kχes ännd wösse an kein Ende (zu kommen) wissen, keine Abhülfe wissen für . . . kann einen Genitiv regieren. Häfliger ** So redid di Spinne as wäred si vo Sinne und wüssid vor Schräcke s'Eländs a kes Ännd.

kwöss sicher, gewiß hat einen Genitiv nach sich in einer Redensart, welche die Gefahren der März- und Aprilwitterung schildert ** Wen mi de Merze nid frisst und de Aberelle vergisst, so bin i s'Meyes gwüss.

VII. Adverbial gebrauchte Genitive sind in J M. in großer Zahl vorhanden. gliχ-faλs gleichfalls; ale-faλs allenfalls; stare gaηηs starken Ganges d. h. sogleich; deηηs auf Borg mhd. dinges; taks am Tage; häiters taks am hellen Tage; mis taks läbes so lange ich lebe; hötiks taks heut zu Tage; äis wäks eines Weges d. h. sogleich. Feer Gsb. 2, 146 Demnach schickt man am samstag ze nacht das geschütz mit VC Knechten hinuf für das schloss Küssenberg, das ergab sich eiswegs den Eidgenossen; aλies in jeder Hinsicht, Häfliger ** Lönnd e nid alles Meister si; mornderiks morgen; ** luters, bei Häfliger häufig, ist mir unbekannt, Häfliger: ** Si sind g'stande wi ne Mur, luters Helde dur und dur; mis phaλts wie ich die Sachen im Gedächtniß behalten habe; äis moλs, gewöhnlicher äis mos mit einem Male, plötzlich; onnder hännts in Händen; onnder taks am Tage; ober eks über die Ecke, d. h. diagonal; osser lannts außerhalb des Landes, im Ausland, vgl. nlb. buiten s'lands.

VIII. Unter Beeinflußung der zuletzt aufgezählten Phrasen ist ein s angetreten in so wit'ms von Weitem.

IX. i-go heißt eingehen, von Geld gesagt. Dieser Infinitiv bildet einen Genitiv i-gos in Phrasen, wie ** De hed tusig Franke Igos er hat tausend Franken an Einkommen. i-gos tritt aber auch

aus biefer Verbinbung heraus unb wirb für fich als neut. Sub=
ftantiv gebraucht. fo mim i-gos von meinem Einfommen. Häfliger
** kes Igos und kes Aemtli.

30. Der Genitiv von gännt.

I. Eines ber wenigen Part. Präf., bie unfere Munbart noch
befitzt, ift gännt zu mhb. gên, nicht gân. Beliebte Konftruftionen
in A M. finb:

an dem dritten tag ingendes ougsten Urk. aus Luzern 1319,
Gfb. 19, 159.

zu ussgendem aberellen Ruß 52.

ze angender nacht Ruß 160.

vntz ze vssgender pfingstwuchen Ruß 180.

an dem nünden tage ingendes Meigen Urk. aus Hohen=
rain 1314, Gfb. 36, 284.

Anno 1360 ze ingendem merzen Salat 39.

zu angehender Nacht Japp. Infeln 77.

Von biefen mannigfachen Konftruftionen finben fich in nur
J M. bie Genitive a-gänts unb us-gänts in Verbinbung mit
Monatsnamen, bie nur unflektirt bleiben, a-gänts horrner An=
fangs Februar, us-gänts wi-monet Enbe Oftober.

II. noχ-gänts wirb abverbial gebraucht in ber Bebeutung
nachher, nachträglich.

III. dor-gänts bebeutet „allgemein" zu vergleichen mit nlb.
doorgands. Lennep, de Koorknaap 2, 14. die niet eens de
forsche houding ja zelfs den ruigen baard niet bezat, welke
zyne landgenooten doorgands vercierde.

IV. A M. angentz fogleich, fofort, ift ungemein häufig belegt.
Stabtrecht von Luzern S. 42 Wir haben gesetzt, wer der ist,
ber dem anderen alles sin gut versetzt oder gitt, dz sol man
von stund an am Kantzel verkünden, damit nieman betrogen
werd und wo sömlicher Ruf angentz am Kanzel nit beschech,
So sol an sömlicher versatzung nüt sin. Peftbüchlein S. 32 Den
Krancken soll man auch in dier fucht angendts den wyn ab-
schlagen. Vgl. Feer Gfb. 2, 116, 147; Urkunbe aus Luzern 1492,
Gfb. 5, 200; Etterlin 26, 60, 170, 198; Schilling auf jeber Seite.

31. Beyder Guotz.

Im schon mehrere Male zitirten Urbar von Rathausen heißt es Gfb. 36, 271 Der hof ze rota giltet 5 malter beider kornon, lvcermes. Die Konstruktion beider kornon kehrt in diesem Schrift=werk sechs Mal wieder. Auf der gleichen S. Gfb. 36, 271 steht Der Schvtzenberger sol ietwederes kornes L viertel vnd 6 mvtte.

Aus diesen Konstruktionen beider kornen und ietwederes korns gemischt ist eine britte „beider korns", die man viel häu=figer trifft, als die beiden andern.

Im Rodel des Almosner Amtes Gfb. 38, 41 heißt es 4 malter beider korns, lutzermes.

Eine Urkunde aus Surfee Gfb. 5, 203 Jahr 1389 sagt das ze zinse jerlichs gulten hat Siben mütt beider kornes, dinkeln unde habern. Dieser Zusatz dinkeln unde habern, dem man hie und da begegnet, zeigt, was unter beider korns zu verstehen sei. Im Gegensatz dazu sagt eine Urkunde aus Luzern Gfb. 21, 105 Jahr 1435 Vnd ist dieser kouff beschehen vmb ein mütt bloss korn. Das ist Dinkel gemeint, denn χorrn ist heute noch in J M. Benennung des Dinkels.

Weitaus am häufigsten aber steht beider guots, beyder gutz, beider gutes u. s. w.

Daß beyder guots soviel als beider korns, d. h. halb Dinkel und halb Hafer sei, zeigt schön eine Urk. aus Luzern 1406, Gfb. 10, 134. Es heißt da zwölf Malter Korns halb dinkeln und halb habern; und ebenda dien obgenanten zwölf Maltern beder Korns; und ebenda vber die obgenanten zwölf Malter beder gutz.

guot für sich im Sinne von Getreide habe ich bloß einmal getroffen. Urk. aus Luzern 1498, Gfb. 21, 108 Als dan die Parthyen Stöss zusammen gehebt von wegen 2 Malteren Guoth, Sprechen vnnd Erkhönnen wir, das die 2 Malter guoth Jar-lichen dem Caplonn Zu gehörren.

Im Bäckermandat von Luzern 1671 S. 13 ist gut im Sinne von Mehl genommen. Vnd dann zu mehrer Sicherheit, dass nicht das bessere Gut, so der eine hätte mit des andern

schlechtern gut vermischet vnd gleich verbachet oder aber
vom Pfister verwechsslet werde.

Der Ausdruck beider gutz findet sich in A M. ungemein
häufig.

Eine Urkunde von Surfee Gfb. 22, 304 Jahr 1465 sagt
sechs malter beder guotz.

Eine Urkunde aus Bero-Münster Gfb. 10, 50 Jahr 1510
Item aber ein Hoff genant dess tragers Hoff zinset zweij
malter beyder guts.

Ebenso im Jahrzeitbuch von Geiß vom Jahre 1499, Gfb. 22
S. 218, 219, 221, 223 u. f. w.

32. Die Zischlaute beim Adjektiv.

I. Die Deklination und Motion.

Bei Antritt der Endungen gelten die allgemeinen Sandhigesetze,
grob grob, grobi grobe, grops grobes.

Endigt das Wort auf einen Sibilanten, so sind für Antritt
der Endung s einige Spezialfälle zu beachten.

Geht ein Adjektiv aus auf langen Vokal + s, so wird dieses
s mit dem Endungs s zur Fortis ss. bös + s wird böss. Die
Fälle sind bös böse; lis leise; famos oder famös (Hochton auf
mos) trefflich; kχorios sonderbar; kχomfus (Hochton auf fus) ver-
wirrt; es böss kwösse ein böses Gewissen; es kχorioss prötš
ein sonderbares Gewäsche. ** Jung lüt und bös's G'wand findt
an allen Orten Ahang. Eine sehr auffällige Wendung ist böss
denn böses Ding, d. h. mit Mühe. Formell ist es ein Akkusativ,
während man eher ein Genitiv erwarten würde analog dem nhd.
gutes Mutes. Ein Pendant dazu bietet in A M. ein Dialekt-
briefchen eines Studenten aus Bero-Münster von 1715 Gfb. 37, 18
Potz heligi sackpfiffä, dä globst nid, wy grüssliss Ding i uf
di gwartä ha. Wächter Gfb. 8, 199 hat ebenfalls vnd mach-
tend ander Sägel fast böss Ding. Salat S. 50 hat dagegen
die genitivische Konstruktion sin har und bart gestrält ganz
subers Dings.

öis unser und des der andere haben im Neutrum ein e zwischen beiden Sibilanten öises, deses. öises χennd unser Kind.

Endigt ein Adjektiv auf ts, tš, ss, š, šš, so bleibt das e der mhd. Endung ez erhalten. es wisses χläid, es halärššes mäitši. Das Adjektiv bildet Nom. und Dat. und kann ftark und schwach abgeändert werden.

Stark.

Nom. Sg.	guete	gueti	guets
Dat. Sg.	guet'm	gueter	guet'm
Nom. Pl.	gueti	gueti	gueti
Dat. Pl.	guete	guete	guete

Der Nom. Pl. kann auch ohne Endung gebildet werden: guet.

Schwach.

Nom. Sg.	guet	guet	guet
Dat. Sg.	guete	guete	guete
Nom. Pl.	guete	guete	guete
Dat. Pl.	guete	guete	guete

os rot'm tueχ, so šwarrtser side, bösi wiber, di höχe bärge.

Das s des Neutrums erhält auch der unbestimmte Artikel es ein. es hus ein Haus. Folgt auf dieses es ein Adjektiv, so behält dieses nichts desto weniger sein s. es rots bänndeli.

Ganz den entgegengesetzten Weg hat die Sprache Hebels eingeschlagen, vgl. Riebligers Tochter 126 e chräftig mittel, I M. es χrefftiks met'λ.

Ein paar b. h. einige heißt sowohl e bar als es bar. Diese beiden Ausdrücke sind ganz unveränderlich und stehen z. B. auch nach Präpositionen, die den Dat. (des Art.) regiren. Einst und Jetzt ** Dampfschiff säg mer dene Naue, vernimm i do von es par Fraue.

In zwei versteinerten Resten zeigt auch das prädikative Adjektiv Motion, nämlich in den beiden Phrasen es ešš mer χönnts es ist mir kund (χönnd) und es ešš mer oηη-kwonts es ist mir ungewöhnlich (oηη-kwont), neu.

Einige Adjektive werden im Neutrum substantivisch gebraucht. warms warme Speisen; grüens grüne Gewürze; törs gedörrtes Fleisch, Obst; šwiniks Schweinefleisch; söfiks Schaffleisch; liniks Leinwand; legets das gemähte, noch nicht eingeheimste Gras, Getreibe. Diese behalten aber das s nicht durchweg, wie obiges i-gos, es heißt z. B. so warm'm, nicht so warms.

*

II. Die Komparation.

Der Komp. hat die Endung er. Bei einſilbigen Abj. findet im Komp. und Sup. meiſtens Umlaut ſtatt. Bei mehrſilbigen ſind die Formen ohne Umlaut häufiger. χromm krumm χrömmér; šlau ſchlau šlauuer und šlöiier; kštroblig zerzauſt kštrobleger; lošštig, loššteger und löššteger. Nebensart ** Der eint iſt de brefer und der ander de beſſer beide ſind gleich ſchlecht.

Der Sup. hat išt oder št. išt ſteht immer nach Ziſchern und dentalen Exploſivlauten, ſonſt ziehen einſilbige št, mehrſilbige išt vor, witišt, böſišt, χrömmšt, lošštigišt. Dieſes išt kann die Dentalis nie verlieren, vgl. folg. §.

Das Ahd. beſitzt ein einêst semel, das lautet in J M. äiništ. Da ein (unus) in J M. äi lautet, hat der Sprachgeiſt äiništ in äi und ništ abgeteilt, dieſes ništ an alle andern Zahlwörter an= gehängt und ſo eine neue Zahlenreihe gebildet: äiništ, tswöiništ, föifništ, tswöλfništ, kχäiništ (keinmal) u. ſ. w.

wе wehe hat im Komp. wеser, im Sup. wеsišt. Es ſind hier zwei verſchiedene Stämme zu einem Schema vereinigt, mhd. wê und wirser, deſſen r nach §. 6 ausgefallen iſt.

Die Komparation von groß lautet in J M. gross, grösser, gröšt; guet gut hat im Komp. gewöhnlich besser, ſeltener bas ober baser, dieſes meiſtens von körperlichem Befinden, nur ſpaß= haft güeter, im Sup. beššt, basišt, güetišt. Die Phraſe äim ts beššt rede bedeutet Gutes über jemanden ausſagen in der Abſicht, ihm zu nützen.

bös hat im Sup. bösišt. böšt findet ſich nur in der Phraſe äim ts böšt rede Böſes über jemanden ausſagen, um ihm zu ſchaden (Anlehnung an obiges beššt).

33. Die Sibilanten beim Verb.

I. Das Verbum von J M. unterſcheidet keine Tempora, da= gegen vier Modi: Indikativ, Konjunktiv, Konditionalis und Im= perativ. Dazu kommen noch ein Infinitiv und ein Partizip. Das Partizip hat präteritale — paſſive Bedeutung.

Früher beſaß J M. ohne Zweifel auch ein Part. Präſ. Von dem ſind aber nur noch wenige Ueberreſte da, die teils zu Abjektiven,

teils zu Substantiven geworden sind, zu vergleichen mit dem be=
kannten bêrusjôs, teils nur in gewissen Phrasen vorkommen. Die
Fälle sind:

gännt; uf-gänt in der Phrase es ešš uf-gänt die Mondhörner sind (im Kalender) nach oben; onnder-gänt in es ešš
onnder-gänt die Mondhörner sind nach unten; omm-gänt n.
das, was man beim Einkaufen im Schlachthaus obendrein geschenkt
bekommt, z. B. Fett, Knochen, in der Stadt Luzern häufig auch
seg⸴λ n. genannt; ab-gänt n. Ueberreste z. B. von Speisen; dor-
gänt in der Phrase es ešš dor-gänt es ist eine Verbindung
zwischen zwei Zimmern, ferner als Adverb dor-gänts; noχ-gänts;
a-gänts; us-gänts.

legets schon erwähnt. Wegen des Bleibens des n in gännt
und Ausfalls in diesem und den folgenden Fällen vgl. §. 6.

kšmökχet riechend, duftend zu mhd. gesmecken nur in der
Verbindung kšmökχets fiöndli n. Viola odorata. Das Part.
Prät. lautet kšmökχt.

öb⸴λ-möget übelmögend d. h. schwach.

tienet bienend, passend, mit dem Part. Prät. gleichlautend.

kfröit erfreuend zu mhd. gevröuwen. kχe kfröiti saχχ;
oηη-kfröiti χennd Kinder, die vor der Taufe sterben.

tropfet (tropfe triefen) nur in tropfet nass triefend naß.

Hieran schließen sich die Ausdrücke platet und trublet nur
in Samhita platep foλ zum Überlaufen voll und trublep foλ
so dicht wie die Beeren einer Traube; zu plat eben und trüb⸴λ
Traube.

II. J M. unterscheidet zwischen starker und schwacher Kon=
jugation.

Die Endungen der starken sind:

Jnd.	Konj.	Konb.	Jmp.
e	i	—	
išt	išt	išt	—
t	i	—	
id	id	id	
id	id	id	id
id	id	id	

Die Durchführung von id für den ganzen Plural erinnert an
ähnliche Vorgänge im Alt= und Angelsächsischen.

Die zweite Perſon des Ind. Sg. kann auch iŝŝ als Endung haben, und, falls kein Sibilant vorhergeht, ŝt, ŝŝ oder, falls es die Sandhigeſetze verlangen, ŝ. Dieſe Endung iŝt ſteht im Gegenſatz zu dem iŝt des Superlativs, welches das t nie einbüßt. Folgen die inklinirenden Pronomen es es und si ſie und ſich, ſo kann die Endung nur iŝŝ oder ŝŝ ſein. de bigriffŝ es ned du begreifſt es nicht. Paba de kχönntŝ si woλ Samhita de kχönntŝi woλ du kennſt ſie wohl. In der Phraſe was geŝŝt was t heŝŝt was gibſt du, was du haſt d. h. ſehr ſchnell, wird nur ŝt angewendet.

Das Pronomen du heißt in J M. du. Iſt es aber proklitiſch, ſo lautet es de, wenn enklitiſch, t. Dieſes t muß in der Endung iŝt nach Sandhigeſetzen aufgehen. Willſt du? heißt wotŝt für wotŝt t. Aber auch für dieſes ŝt (= ŝt + t) kann einfach ŝŝ (ŝ) geſprochen werden. wotŝ willſt du?

Der Infinitiv hat die Endung e mhd. en: lauffe laufen.

Das Partizip hat die beiden Endungen e und nig.

Die Formen mit e werden prädikativ, die mit nig adjektiviſch und ſubſtantiviſch verwendet. Man ſagt s gäld eŝŝ kŝtole das Geld iſt geſtohlen, aber kŝtoλniks gäld geſtohlenes Geld. Paba de ferlornig ſon Samhita de ferlornik ſon der verlorene Sohn. es kfonntniks fräſſe ein gefundenes Freſſen d. h. ein unerwarteter Glücksfall. Häſliger ** Mer hend ietz nötig für die Zit ke Fürchthans aber lötig früſch, nid verſchrocknig Lüt.

Das Partizip auf nig iſt eine Neuſchöpfung der Mundart durch Kombinirung ſchon vorhandener Sprachelemente. An die Partizipalform auf mhd. en, deren e ſchwindet, tritt die Adjektiv= endung ig.

Sowohl der Infinitiv als das Partizip können die Vorſilbe k (ge) haben. Dieſe wird aber nach Sandhigeſetzen oft zu p, oft zu t. Im Infinitiv tritt k nur an, wenn das Hilfsverb möge mögen vorhergeht und daſſelbe ein phyſiſches Können aus= drückt. Bedeutet es aber ein moraliſches Wollen, ſo bleibt k weg, z. B.

i mag das ned äſſe ich habe keine Luſt, das zu eſſen.

Paba i mag das ned käſſe Samhita i mag das nekäſſe ich kann dieſe Portion nicht bewältigen.

i mag nömme witer lauffe ich habe keine Luſt, noch weiter zu Fuß zu gehen.

i mag nömme witer klauffe ich bin ſo müde, daß ich nicht
mehr weiter zu Fuß gehen kann.

Der Antritt von ge beim Partizip iſt ganz wie im Mhd.

Im Präſ. beſteht der Wechſel zwiſchen e und ä mhd. i und
ë fort. Selten oder ſpaßhaft ſind Formen wie: i heλfe, me
heλfid, für i heλfe, me häλfid. Dagegen iſt der Wechſel von
mhd. iu und ie wie §. 26 bemerkt worden, ausgeglichen, der Um=
laut in Wörtern, wie faλλe mhd. vallen iſt geſchwunden.

Der Wechſel von s und r iſt zu Gunſten des r ausgeglichen,
i ferlüre mhd. ich verliuse. Nur die ſchwachgewordenen χiese
und iäse (kχieset, kiäset) haben s bewahrt.

Vom Wechſel zwiſchen d und t, h und g haben ſich Spuren
erhalten lide leiben, klete gelitten; šlaχ ſchlage! kšlage geſchlagen.

Der Konj. richtet ſich, was den Vokal anbelangt, nach dem
Jnd. Pl., i häλfi juvem.

Der Konb. iſt der mhd. Konj. Prät., allein im Vokalſtand iſt
große Zerrüttung eingetreten, auch iſt der Konb. nur bei wenigen
Verben gebräuchlich, meiſtens wird er umſchrieben oder ſchwach (nach
der jan Klaſſe) gebildet. Die noch gebräuchlichen Formen ſind: fonnd
zu mhd. vinden; bonnd zu mhd. binden; goλt zu gälten; hoλf zu
hëlfen; šproηη zu ſpringen; štorb zu ſtërben; word zu wërden;
broηη zu bringen; χäm zu komen; näm zu nëmen; štoχ zu
ſtëchen; štoλ zu ſtëln; trof ſelten zu trëffen; os nur ſpaßhaft
zu ëzzen; gäb zu gëben; läg zu ligen; wär zu ſin; ksäχ zu
geſëhen; kšäχ zu geſchëhen; blob zu bliben; šlieg zu slahen;
wieχs zu wahsen; flog zu vliegen; lies zu λazen; šlief zu ſlâfen;
lof zu loufen; štiend zu ſtân; gieη zu gân; dazu mieχ zu
machen; χof zu kaufen.

Der Jmperativ hat im Sg. keine Endung, heλf, der Pl. ſtimmt
ganz mit dem Jnd. Pl.

Das Partizip fußt, was den Vokal belangt, für alle Klaſſen
faſt ganz auf dem Mhd.: ksonne mhd. gesunnen; krete mhd.
geriten; kšäide mhd. gescheiden.

III. Die ſchwache Konjugation. Die Klaſſen auf jan einerſeits
und ên ôn andererſeits werden vielfach noch unterſchieden, man
erkennt ſie in der zweiten Jnb. Sg., die für die Verben |der ên–ôn
Klaſſe ſtets išt oder išš, in der dritten, die dann ſtets et, im
Konbit. der eti und im Part., das dann et hat, während die

Verben der jan-Klaſſe in dieſen Fällen išt, išš, št, šš; t; ti; t haben.

Rollen, intr.: trøle, de trølišt bu rollſt, de trølet er rollt, i trøleti ich würde rollen, trølet gerollt. Dagegen rollen, tranſ.: tröle, de trölšt, de trölt, i trölti, trölt.

Sonſt ſtimmen die Endungen mit benjenigen der ſtarken Verba; nur hat der Konbit. in der erſten Sg. i: i glaupti ich würde glauben; i risti vom ſtarken risse (kresse) reißen.

Das Partizip der jan-Klaſſe hat die Endungen t und tnig. Gſpaß und Ernſt ** Aber öpis usgä und nid wüsse, öb s G'chauftnig au bruche chönntist, s'säl wär dumm.

Die Verben der ên-ôn Klaſſe bilden das Partizip auf tnig nicht.

34. Das ɀ des Verbums lâɀen.

I. J M. beſitzt eine beträchtliche Zahl von Verben, die in gewiſſen Endungen keinen Bindevokal haben. Das Muſter für alle hat gô mhd. gân gegeben, deſſen Formen im Jnb. Pl. und im Konj. dunkel ſind, während die übrigen zu mhd. gân ſtimmen.

Jnb.	Konj.	Jmp.	Konb.
i gone	i göi		gien
de gošt	de göiiišt	gaηη	gieηišt
de god	de göi		gieη
me gönnd	me göiid		gieηid
de gönnd	de göiid	gönnd	gieηid
si gönnd	si göiid		gieηid

Jnfinitiv go.

Partizip kaηηe, (fer) gaηηnig.

Zu beachten iſt das d der britten Sg.

Nach dieſem go haben ſich nun viele Verben gerichtet, teils im ganzen Schema, teils in einzelnen Fällen, z. B.

šlo mhd. slahen, šlone, šlönnd, šlöi, šlieg, aber Jmp. šlaχ Part. kšlage, kšlagnig.

nä mhd. nëmen. Der Jnb. lautet i neme, de nɘmmšt, de nɘmmt, me nännd, de nännd, si nännd.

sä got. sai hat nach dieſem Muſter einen Plural sännd ge= bildet.

II. Das Verbum lâzen, dessen z in J M. eigentlich als ss erscheinen sollte, hat überhaupt gar keine Form mit Fortis ss.

Jnd. i lone   gebildet nach i gone
       de lošt   de gošt
       de lod   de god
       me lönnd   me gönnd
       de lönnd   de gönnd
       si lönnd   si gönnd

Konj. i löi   gebildet nach i göi
       de löiišt   de göiišt
       de löi   de göi
       me löiiid   me göiiid
       de löiiid   de göiiid
       si löiiid   si göiiid
       ober
       i lös   das s aus ursprünglichem z, vgl. oben
       de lösišt   os, das ö von göi.
       de lös
       me lösid
       de lösid
       si lösid

Konb. i lies   zu beurteilen nach §. 9 IV.
       de liesišt
       de lies
       me liesid
       de liesid
       si liesid

Jmp. las, laχ analog zu obigem šlaχ gebildet, und la; Pl. lönnd vgl. gönnd.

Jnf. lo vgl. go.

Part. klo, (us) klonig, keine Analogiebildung zum Part. von go, sondern im Anschluß an das Präsens lone entstanden, vgl. ksεne video ksε visum.

35. Das s beim bestimmten Artikel.

I. Das alte dër, diu, daz wird in J M. als Demonstrativ=pronomen verwendet.

Sg. Nom. dä   die   das   Pl. die
Gen. dess   dere
Dat. demm   dere   demm   dene
Aff. dä   die   das   die

Der Gen. dess findet sich nur in onnder-dess oder onnder-desse unterbeſſen, wäge-dess, wäge-desse, dess-wäge (Hochton stets auf dess) besmegen.

Das alte dës diu vor Komparativen erscheint in J M. als des t nur vor me unb mennder (mehr, weniger) in Rebens-arten wie ** I ha nüd des d'me Ich habe keinen Vorteil davon. ** S'isch nüd des d'minder es ist gerecht, verbient.

Sonst lautet es stets desſto, desſte, desſter, auch vor me unb mennder, obige Phrasen ausgenommen.

Ein tieftoniges dess findet sich, wie es etymologisch auch er-klärt werden möge, in morn-dess am folgenden Tage (morn morgen). In A M. ist es oft vertreten. Aelt. Bürgerbuch S. 337 Ovch ist der Rat vber ein kommen, daz nieman sol in der Stat nach der Aue Marie Gloggun tanzen noch gigen vntz mornedes das man ze der Kapelle gesinget; Schilling 30 als man morn des nach Petri und Pauli die vyend fand. Vgl. ferner Feer 146, Ruß 96 unb 227, Brand von St. Urban 178 unb 182.

Der Genitiv dere wirb genau verwenbet, wie das frz. en, bas it. ne, unb nur so; wennd er dere, ne volete?

II. Gekürzt geben biese Formen ben beſtimmten Artikel ab:

Sg. Nom. der, de   di, t   s   Pl. di, t
Gen. s   s
Dat. 'm   de   'm   de
Aff. der, de   di, t   s   di, t

di wirb vor Abjektiven, t in allen andern Fällen gebraucht; di alte hüser, t hüser.

Der Dativ hat bie Präp. mhb. in vor sich, em fater, e de mueter.

Einige al. Munbarten haben statt ber Form s ein ts, so bie bes Entlebuchs: ts χennd bas Kind, ebenso bie von Kerenz, Winteler 187.

Es könnte jemanb meinen, man müſſe in zwei Fällen auch in J M. ts als Artikel statuiren.

Wie andere Munbarten sagen: übers Jahr z. B. Leerau öber s

ior, ſagt J. M. aufs Jahr of ts ior. Der zweite Fall iſt bei Ausrufen, wie: e (= ei) ts donner-wäter. Es iſt aber keiner dieſer Fälle ganz klar, denn neben of ts ior heißt es auch bloß ts ior, was ein dunkler Ausdruck iſt, und e ts könnte eine Miſchung aus e ei und pots poß ſein, alſo ets zu ſchreiben.

Es lohnt ſich nicht der Mühe heißt Samhita s esś neter wärrt oder seśś si neter wärrt oder s esśi neter wärrt oder s esśesi neter wärrt. Wie ſoll man dieſe Phraſe entwirren, ſteckt der Gen. s darin?

36. Die Präpoſition ts.

Genau wie das Nlb. zwiſchen toe und te unterſcheidet, hat J M. auch die zwei Formen tsue und ts. tsuetue nlb. toedoen, aber ts tsöri nlb. te Zurich.

Der Ausdruck ts wäg zu Wege, zu vergleichen mit „zu Stande" wird gebraucht in folgenden Phraſen: öpis tswäg breɳɳe etwas zu Stande bringen, Paba ts wäg χo Samhita ts wäk χo wieder geſund werden, Paba ts wäg si Samhita ts wäk si (hier mit langem ä) geſund ſein. Das ts iſt mit dem wäg ſo ſehr verwachſen, daß ſich ein Verbum tswäge (tswäget) geſund werden gebildet hat. wen i nor au weder tswägeti wenn ich nur wieder geſund würde.

„Das Morgeneſſen zu ſich nehmen" wird in J M. ausgedrückt durch „zu Morgen nehmen" ts morrge nä. Daraus hat ſich durch Verwachſung des ts das neutrale Subſtantiv tsmorrge das Morgeneſſen gebildet. for'm tsmorrge vor dem Morgeneſſen.

Ganz gleich haben ſich gebildet tsnüni n. der Imbiß um 9 Uhr; tsmetag n. (Hochton auf tag) das Mittageſſen; tsobig n. das Vesperbrod; tsföifi n. der Imbiß um 5 Uhr; tsnaχχt n. das Nachteſſen. ** S'Zmittag wär rächt aber s'Znacht iſt nid guet. Aehnlich findet ſich noch bei Häfliger und Jneichen Zimmis n. zum Imbiß, das gleiche, was obiges tsnüni. Jneichen ** De Himmel hed's regiert, de hed zum Zimmis g'füert ſo luters Fründ.

Bei Tobtenmeſſen ein Geldopfer ſpenden heißt ts opfer go zum Opfer gehen. Hieraus hat ſich ein Subſt. gebildet, tsopfer n. die Opfergabe.

37. Die Zischlaute in Ableitungsſilben.

In vielen Fällen hat J M. die Ableitungsſilben des Mhd.
bewahrt, in vielen ſind ſie aber auch mit andern vertauſcht worden.
Zu mhd. vergiftec nlb. vergiftig ſtellt J M. ſein ſergefftig.
Mhd. berlîn (Perle) iſt erhalten als bärrli u., während eine dem
mhd. berle entſprechende Form nicht exiſtirt. In A M. habe ich
ebenfalls nur Berli, Berlin getroffen. Salat 139 Etlich gstickt
von berli, gold und siden; Pfyffers Inventar Gfd. 7, 234 Jahr
ein ring darin ein Bärli; Japp. Inſ. 108 an köstlichen Perlin
einen grossen vberfluss; Luxusedikt vom Jahre 1696 an den
Creutzlenen oder Zeichen (= das früher erwähnte bäti-tsäie)
ist ein anhangendes Perlin erlaubt.

Dagegen bietet J M. tusig zu mhd. tûsent, ußſlig zu unslit,
rexxti zu ahd. lëhtar, seλberig zu ſilberîn, räge-moler der Molch
zu mhd. mole, obig und obe zu âbent, apedik und apedit (Hochton auf dik) m. der Appetit. Neben einander werden gebraucht
ietse, ietset, ietst, iets, ietsig jetzt.

Mhd. jârzît Gedenktag für einen Verſtorbenen erſcheint in
J M. als iortset (tset ſchwachtonig) mit der Nebenform iortsig.
Aehnlich hat die Mundart von Leerau hoxset und hoxsig Hochzeit,
Hunziker 131. J M. ſagt nur hoxsig n.

Einige mhd. Ableitungsſilben haben in J M. an Terrain ver-
loren, andere gewonnen.

baere findet ſich nur noch als ber (ſchwachtonig), Komp. berer
in Paba on-axt + ber Samhita on-axper unachtſam d. h. grob, roh;
Paba o-ſin + ber Samhita o-ſimber unſcheinbar; Paba xonnt + ber
Samhita xommper kund; Paba waxxt + ber Samhita waxxper
wachſam. Vierwald-See 201 der Magistrat ist Klug, Vorsichtig,
Wachtbahr.

linc hat als lig ſich weit verbreitet. Alle Fälle ſind m. und
haben im Pl. lege. Die Fälle ſind: rüſſlig der Berauſchte zu ruſſ ;
täiſſlig Kuhflaben zu ahd. deisc; kfrörlig einer, der leicht friert
zu mhd. vroeren; A M. Inzügling der Einziehende, im Amtsrecht
von Malters 445, Stadtrecht von Luzern 88; ſärblig der Kränkelnde

zu mhd. sërben; hüeberlig der Fleck, den der Schuster auf den zu flickenden Schuh setzt, das Wort bezeichnet das Erhöhte, zu mhd. heben; blötlig, einer der zu leicht gekleidet ist, zu blot nackt; ** Werfling bei Häsliger und Zneichen die Ohrfeige; tümlig Futteral über den verletzten Daumen zu tume; setslig der Setzling, bei Salat 58 Setzling der Trotzkopf zu dem früher erwähnten de χopf setse; töiblig der Zornige zu taub zornig; sieχlig Schimpfwort zu mhd. siech; Paba nässt + brüetlig Samhita nässprüetlig der Nesthocker; χrömmlig der krumm Gewachsene zu χromm; χöderlig so viel auf einmal ausgespuckt wird zu χodere (kχoderet) ausspucken; šnöderlig Rotzklumpen; flekχlig Balken; a-häγηkχlig das Angehängte d. h. der Anbau, die Dépendance; a-höilig der Anschnitt des Brotlaibes; wäidlig eine Art Kahn; wetlig der Witwer; A M. Schleipflig in einer Urkunde von Neuenkirch Jahr 1806 dem Pfarrer und Siegerist jedem ein Wettergarb und dem Pfarrherr ein Schleipflig Holz, Luzerner Kantonsblatt vom Jahre 1872 S. 420. Rhyner, „Volkstümliche Pflanzennamen der Urkantone" S. 31 Schleipflig ein Stück Holz, das ein Mann aus dem Walde daherschleppen mag.

Ganz geschwunden ist die Vorsilbe zer.

Im Mhd. hat kein Pendant kχer, welches in gewissen Fluchwörtern, um sie zu mildern, die eigentliche Endung ersetzt, z. B. iekχer o Jesus, bem äikχer beim Eid; heλkχer höllisch, statt iesess, bemm äid, heλλišš.

Ebenfalls nicht nachweisbar ist im Mhd. das in J M. ungemein häufige maskuline i als Exponent eines Nomen Agentis, das von jedem Verbum gebildet werden kann, das etwas Tadelnswertes bezeichnet: hölpi einer, der hinkt zu hölpe (khölpet); brodli der Schwätzer zu brodle (prodlet); lügi der Lügner; χoderi einer, der viel ausspuckt; χosli einer, der Wasser verschüttet, u. s. w. Ist diese Endung wohl von den §. 7 Ende erwähnten Namen hergekommen?

Mhd. inc und unc geben beide ig, häλsig mhd. helsinc, räχχnig mhd. rechenunge.

Die Ableitungssilben, welche Zischlaute enthalten, sind:

šaft (tieftonig) f., Pl. šafte nur in maχχešaft die Mache; legešaft die Liegenschaft; herršaft die Herrschaft.

änts (tieftonig) nur in fulänts m. der Faulenzer.

ets (ſchwachtonig) nur in χošštets m. Thymus Serpillum. Die
meiſten Munbarten ber innern Schweiz haben χošštet, Rhyner
S. 26. Dagegen Peſtbüchlein S. 19 man mag Hertzpoley Müntzen,
Meyeran, Costantz und dergleichen darunter thun. Das Lu=
zerner Viehpreſtenbüchlein vom Jahr 1714 bietet ſtets bie Form
Costenz, S. 69, 113, 114. Gehört zu mhb. koste, origanum.

ness n. unb noss f. (tieftonig) nur in kfäηηness n. bas Ge=
fängniß; tsügness n. bas Zeugniß; Paba sannt χömmernoss Samhita
saηηk-χömmernoss Sankt Kümmernuß; sumness bas Verſäumniß.

sel (ſchwachtonig) nur in traηηseliere (Hochton auf ie,
traηηseliert) quälen zu nhb. Drangſal.

sälig (tieftonig) in armsälig armſelig; hap-sälikχäit bie Hab=
ſeligfeit.

A M. sumsely Zeitverſäumniß. Stabtrecht von Luzern S. 79
somlich artzitlon soll der geben so das Ross gefürt hat, aber
vmb wirt, sumsely vnd schmertzen sol es stan an eins Ratz
bescheidenheit; Lanbrecht von Entlebuch und für sumpseli und
schmertzen sol einer eim nit mer geben den 4 und 5 schilling;
Lanbrecht von Knutwil 401 es sol der anfenger, demselbigen so
gern rüwig gsin wäre wirt schärer, sumbsäli schmerzen und
lambtag abtragen.

los unb losig (tieftonig) nur in bodelos bobenlos; mäiſterlos
unb mäiſterlosig meiſterlos b. h. ungezogen; liblos nur in ber Phraſe
si liblos maχχe ſich entleiben; härtslosig ſchwach, übelig, hungerig.

samm (tieftonig) unb sᶜm (ſchwachtonig) Komp. sammer unb
semer nur in laηηsamm unb laηηsᶜm langſam; läηηsamm länglich;
kwarsammi f. bie Gewahrſame; kχanntsᶜm zahm, zutraulich =
* gehandzam zu ahb. handzam. Es iſt bas ein Fall, wo ſich
bie Ausſprache befinitiv für kχ entſchieden hat, vgl. §. 6; sälts'm
ſeltſam b. h. wähleriſch; wesᶜm in Zerſetzung begriffen, von ben
Wurzeln ber Brassica unb Daucus Pflanzen geſagt. Stalber führt
1, 330 für Luzern auch ein Wort ** dusem niebergeſchlagen an,
mir iſt es ſonſt unbefannt.

Mhb. isch iſt in J M. häufig, balb als išš (ſchwachtonig) balb
als šš (š). kχatolišš (Hochton auf to) fatholiſch; bärnerišš reformirt;
štetišš gemäß ber in ber Stadt Luzern zuerſt eingeführten franzöſi=
ſchen Tracht; pürišš gemäß ber nun geſchwundenen Nationaltracht
ber Bauern; hönntš übermäßig; frönntš frembartig; höpš hübſch;

höpše göti ist der Pate; šloter-göti jeder Eingeladene beim Tauf=
schmaus; ähnlich höpši gote, šloter-gote; der Taufschmaus heißt
šloterte oder šlotete; höpšli leise; Schilling 6 damit schleich er
hübschlich an die Stägen.

38. Fortſetzung: iss.

Das Suffix iss (schwachtonig) findet sich in sehr vielen Wör=
tern von J M. Der Sibilant ist stets Fortis. Doch hört man
hie und da auch die Lenis, bei öpis und nöiis ist letztere Regel.

a) iss findet sich bei Fremdwörtern, wo das i Vertreter jedes
Vokales ist: moriss in der Phrase moriss lere Mores lehren;
fäštitiss (Hochton auf ti) in der Phrase fäštitiss maχχe viele schöne
Worte machen zu lat. festivitas; χabiss m. Kohl mhd. kabeʒ zu
lat. caput; äniss der Anis; kχafelanntiss (Hochton auf lann) in
der Phrase de kχafelanntiss läse den Text lesen; kχaporiss go
vgl. kaporis im D W B.; boliss f. Karzer, Wort der alten
Soldaten, die in der Fremde gedient, fr. police; atliss m. der
Atlas, eine Art Stoff; eλsiss n. Elsaß; pelatiss, in der Stadt
Luzern häufig pelotiss gesprochen, der Pilatus bei Luzern; iudiss
Judas; maλχiss Malchus; meiiss Jeremias; hokiss bokiss und
reηηkiss bäiiokiss (Hochton auf io) ond holebaštete (Hochton auf te)
Ausrufe der Roulettenhalter bei Kirchweihen. Der erste Ausdruck
ist gleich Hokuspokus, der zweite ist mir unverständlich.

b) Wenn das Landvolk das Ave Maria betet, lautet in der
sonderbaren Mischung von Nhd. und Mundart, in der das geschieht,
der Paſſus „in der Stunde unseres Absterbens“ enn der štonnd
onnseres apstärbiss.

c) Das Adv. twäriss quer ist schon mit mhd. twërhes zu=
ſammengestellt worden. Allein da die mhd. Genitivendung es in
J M. stets s lautet, §. 29, da ferner verschiedene Fälle von iss
unter b) und d) bestimmt auf ens zurückweisen, so muß eine Ideal=
form * twërhens angenommen werden. Und dieses ist eine Bil=
dung wie nhd. vergebens, das auch in J M. als fergäbiss sich findet;
die Form dertwäriss, welche häufiger ist als das bloße twäriss,
ist wohl eine Mischung von dem ahd. häufig belegten duruh twërah
und obigem twäriss. Die andern Fälle sind šärbiss zu mhd.

schëlwe schëlbe (r für l, vgl. §. 6) ſchief, auch im übertragenen Sinne. Häſliger ** Drumm wenn ich ech rote cha, sind e chli fernümpftig, luegid d'Sach nid schärbiss a; mutiss bis auf die Nagelprobe. Häſliger ** Und schänkid i rächt munter, und suffid mutiss us; Paba rübiss ond štübiss Samhita rübiss ont štübiss alles in Bauſch und Bogen; föriss vorwärts.

d) iss erſcheint in mehreren Wörtern, die nur in gewiſſen Phraſen vorkommen, nämlich: ferbärgiss maχχe Verbergens ſpielen, maukiss go krepiren zum Verbum fermaukle (fermauklet) ver= glimmen, krepiren; χeriss om maχχe * Kehrens um machen d. h. umkehren zu χere kehren; šariss maχχe Scharrens machen, b. h. Komplimente machen; ** Füsiss go und z'Füsiss go iſt mir nur aus Jneichen bekannt. ** Umsunst ist eusers Völchli g'rönnt a Hag vo Spiess und Stange, scho sächzig sind eus Füsis g'gange.

e) iss ist Suffix von mehreren Subſtantiven, wofür verwandte Mundarten gewöhnlich ein anderes zeigen. Alle ſind m., der Pl. hat esse. Die Fälle: brotiss der Braten; toλkiss der Klecks zu ahd. tolh livor; χlefiss neben χlefe die Ohrfeige; kχärrliss neben kχärrli der Kerl; mekiss die Unordnung, das Elend; šläɳkiss das herb kritiſirende Wort, das einem ins Geſicht geworfen wird, zu šläɳke (kšläɳket) ſchleudern; die Nebenform dazu ist släɳke. Spiel vom Jüngſten Tag S. 1 lüt findt man, die hand den sytt, kein ding so guot gerecht ist nit, si hencken dem ein schlencken an vnd wyssent doch kein grund davon; šlerkiss eine verſchmierte Stelle zu šlerke (kšlerket) ſchmieren; šnoriss ein anfahrendes Wort zum Verbum a-šnore (a-kšnoret).

Die ſchwachtonige Endung ess findet ſich in dem aus der Kirchenſprache eingedrungenen gotess (Hochton auf go) Gottes in vier Fällen; maɳ-gotes m. der Mann Gottes, aber nur ironiſch geſagt, auch Spitzname von Familien; šats-gotess m. Schatz Gottes, Koſewort; kšöpf-gotes n. ein Geſchöpf Gottes; mueter-gotess Mutter Gottes, die Madonna, ein Bild, eine Statue derſelben. Wie wenig hier gotess als Genitiv gefühlt wird, der ja in dieſem Falle vorſtehen müßte, beweist der Umſtand, das man von maɳ- gotes einen neuen Genitiv bilden kann s maɳ-gotesse die Familie Manngottes und daß zu mueter-gotess ein Dem. exiſtirt mueter- götessli n. eine kleine Statue der Madonna. Analog zu dieſer Form hat ſich ferner ein herrgötessli n. (Hochton auf herr) ein

kleines Chriſtusbild geſtaltet. ** G'ſpaß und Ernſt D'Hochzitere
ist appeditli g'si wi nes Muettergöttesli us eme Truckli use.

ess ſteht auch in herrgeless. Siehe §. 42 I, c.   Der Name
Jeſus lautet ieſuss, als Ausruf ieſess.

39. Vrmeis.

Bei den ahd. Endungen aʒ, iʒ, eiʒ u. ſ. w. wird in J M. der
Vokal ausgeſtoßen und ʒ dabei zu s. ärps m. ahd. araweiʒ; ops n.
ahd. opaʒ; ksemms m. ahd. simiʒ; χräps (χräpse) ahd. chrëpiʒ;
χörps (χörpse) ſ. ahd. kurbiʒ; häks (häkse) ſ. ahd. hagaʒissa.

Anmerkung.   Berberis vulgaris heißt in J M. ärpsele.
Schilling 251 aber vil soldner assend vil tagen nüt wann
ampfern gras vnd erbselen bletter.

hiruʒ ergibt dagegen hirts (hirtse) m.

Einen eigenen Weg ſind folgende gegangen:

ameiʒa erſcheint in unſern Mundarten in einer Unmaſſe von
Umformungen, siehe Schw. Jdiotikon 216, die Form von J M.
lautet hammpäissi (Tiefton auf päi).

Aehnlich umformt iſt in J M. horrnussi (Tiefton auf nu)
aus ahd. hornuʒ.

hammpäissi und horrnussi n. ſind erweitert durch die Neutral-
Endung i, wie dies häufig bei Namen kleiner Tiere geſchieht, wäſſpi
n. die Wespe, beiii n. die Biene.

Mhd. virniʒ erſcheint in J M. als ferrniess (Tiefton auf
niess) m.

Im weißen Buch von Bero-Münſter 244 ſteht Item Novale
situm enzwüschen dem Buchwald vnd dem vrmeis. vrmeis,
jetzt Ermisland, liegt ob Saffental, eine halbe Stunde von Bero-
Münſter entfernt.   Im Rodel des Almosneramtes wird Gfd. 38,
50 und 51 ein anderes Heimwesen am urmes in der Gemeinde
Malters erwähnt.   Der Name iſt jetzt verſchollen.   Dieſes gleiche
Heimwesen wird Gfd. 26, 352 Jahr 1529, wo die zinspflichtigen
Höfe von Malters aufgezählt ſind, auch erwähnt Item ab dem
vrmis 4 d. sol rudi Bucher.   Laut Wertbrief vom Jahre 1308,
Luz. Kant. Bl. 1858 S. 71 liegt dieſes vrmis bei dem heutigen
Frohof an der Straße nach Schwarzenberg.

Es ist wohl zu beachten, daß bei beiden vrmis der bestimmte Artikel steht. Ferner kommen vor Urmetsmatt und Wurmisweib, Gd. Rain; Urmis und Wurmetshalden, Kt. Zürich; Urmisberghof, Kt. Aargau.

40. azjan.

I. Verben mit dem Suffix tse ahd. azjan sind:

šperrtse (kšperrtst) sperren zu mhd. sperren.

a-rautse (a-krautst) anknurren, mit groben Worten anfahren zu Schmellers rauen.

a-šnautse anfahren zu nlb. snauwen.

In einem Briefe des Stadtpfarrers Müller Gfb. 28, 131, Jahr 1588 steht ein gleichbedeutendes schnützen. Der Vokal verbietet, dieses Wort mit obigem a-šnautse zu identifiziren. Es dürfte eher mit unserm heutigen šnütse (kšnütst) pfauchen identisch sein. Die weil ich mich beflissen kein sunderbare person, viel weniger ein wiss Oberkeit zu schnützen aber ins gemein die laster zu straffen . . . . Jedoch wan man mine wort wol ansechen will, so ist diser miner predig eigentlich nit ein straf old schnützung.

šmörtse (kšmörtst) nach verbrannten Haaren, Federn riechen zu smër. kšmörtsig dagegen bedeutet geizig.

šletse (kšletst) die Thüre zuschlagen, gierig essen ahd. slagazjan.

špöitse (kšpöitst) mhd. spiutzen aus spiwezen zu spiwen. Nebensarten: ** i d'Händ spöitze alle Kräfte aufbieten; ** gägen öpis spöitze sich gegen etwas sträuben.

tötse (tötst) büßen, zu töiie (töit) mhd. döuwen ebenfalls büßen? börtsle (pörtslet) nhd. purzeln.

šütsele (kšütselet) mhd. schiuhezen, schiuzen.

a-rantse (a-krantst) jemanden anfahren, ranzen bei Weigand.

II. Verben von J M. mit dem Suffix se sind:

ferhotsere (ferhotseret) durcheinander wirren zu gleichbedeutendem ferhodere.

boχχsle (poχχslet) rumpeln zu mhd. bochen; Schilling 7 Als er harnasch vnd werinen durch ein ander hort bochslen, er-

schrack er vast übel. Spiel vom jüngsten Tag S. 90 dan
bochslent tüffel in der hell.

gakse (kakset) mhd. gagzen gackern.

gäkse (käkset), vom vorigen differenzirt, vorlaut schwatzen;
gäks-nas (gäks-nase) s. ein vorlautes Menschenkind.

χnausle (kχnauslet) mit Behagen essen nld. knauwen.

rakse (krakset) zu dem gleichbedeutenden nhd. rackern.

sänntsele (kšänntselet) leicht halten, hänseln zu mhd.
schenden schimpfen, tadeln. Schilling 122 Da nu sollicher Bund
uffgericht wart, überhubent si sich des vnd schentzletend die
Eitgnossen.

gitse (kitset) mhd. gîtesen.

görrpse (körrpset) mhd. kropfizen.

glokse (klokset) mhd. gluckzen.

i-χlamse (i-kχlamset) einklemmen zu mhd. klemmen. Halter
** Witers hed er nümme chönne, de Rock ist i d'Türe
ig'chlamset g'si.

brönntsle (prönntslet) nhd. brunzen.

ferhonntse (ferhonntst) nhd. verhunzen.

hekse (khekset) zu nld. hikken.

Käusen bei Stalder 2, 93 „bezeichnet den Ton, wenn jemand
den zähen Speichel erst im Munde sammeln muß, ehe er denselben
auswerfen kann," gehört zu χöiie kauen; davon ist abzuleiten J M.
χöisi (χöisene) m. Schimpfwort auf alte Männer.

repse (krepset) anhaltend reiben zu ribe reiben.

grommse (krommset) zu gleichbedeutendem nld. grommen.

iausle (kiauslet) zu Stalders gleichbedeutendem jau-len jam=
mern.

iukse neben iutsge (kiukset) zu nld. juichen.

III. še haben folgende Wörter:

lötše und lotše (klotšet) nicht festhalten, nur von Schuhen
gesagt, die zu groß sind, zu lödele, welches die gleiche Bedeutung
hat, aber von allen Gegenständen überhaupt ausgesagt wird.

trätše (trätšet) schwerfällig auftreten zu mhd. tröten.

hotše, schon früher erwähnt.

Von den unter II aufgezählten Wörtern weisen einige mit
ihrem Suffix se sicher auf azjan, so gakse, weil mhd. gagzen,
iukse, weil mhd. jûchezen, görrpse, weil mhd. kropfizen. Bei

*

diefen ift der Ausfall des t nach §. 37 ho𝜒sig zu beurteilen. An=
dere weifen auf isôn, z. B. gitse, weil mhd. gîtesen und wohl
auch 𝜒nausle und 𝜒öisi. Bei den übrigen läßt fich nicht mit
völliger Sicherheit ein Entfcheid treffen.

41. tši.

zi ift in der alten Sprache einer der Exponenten zur Bildung
von Deminutivformen bei Perfonennamen, vgl. Stark, Kofenamen
S. 91.

(Gfd. 7, 74 Jahr 1330 wird eine Oertlichkeit Dietziberg er=
wähnt, jetzt heißt fie dietši-bärg. Ueber den Uebergang von z in
tš vgl. Andrefen, die altdeutfchen Perfonennamen S. 35.

Diefes tši findet fich in zwei luzernerifchen Gefchlechtsnamen:
rietši Rietfchi und höλtši Höltfchi; vgl. Andrefen 78 Rietfch;
Perfonennamen, die mit Holb beginnen, führt Förftemann Namen=
buch 756 an.

fretši oder frötši m. zu Friedrich, die bekannte Faftnachtsperfon
in Luzern. Schon Schilling berichtet darüber 195 Von alter har
ift ein lobliche gewonheit vnd järlicher vassnacht schimpf zuo
Lucern gewäsen vff eine geselschafft vnd trinckstuben genant zum
Fritschi. Die hand ein ströwinen man, genant bruoder Fritschi,
den sy järlich vff den schmutzigen donstag mit eim venli
pfiffen, trummen, tantzen infürend.

tši als Deminutivfuffix findet fich auch bei einigen Appellativen,
nämlich:

mäitši n. das Mädchen, Dem. zu mhd. maget, meit.

mönntši n. der Kuß zu mhd. munt, alfo gleich lat. osculum.

𝜒üetši n. mit der Nebenform 𝜒utši die kleine Kuh, d. h. Kalb.

Bonbon heißt güetsi nicht güetši Dem. zu guot. Daneben
exiftirt das gleichbedeutende guetli mit Deminutivbildung auf li.

Der Hofname böλtši Böltfchi dürfte wohl Deminutiv zu bol
Hügel fein. Die örtlichen Verhältniffe würden fehr gut paffen.

42. Die Zischlaute in der Komposition.

I. Die Bindung zwischen den beiden Kompositionsteilen ist:
a) nackt, eigentliche Komposition.

hag-rose Rosa canina aus hag (heg) m. Hecke und rose f.
die Rose.

feŋŋer-šnider der „Fingerschneider" b. h. Handschuhfabrikant.
Das Wort ist wohl nur in Bero=Münster bekannt.

herr-got der Herrgott aus herr + got. Ein Ausruf des Stau=
nens ist herr-got so mann-häim Hergott von Mannheim oder herr-got
so bratele Herrgott von Prattelen, oder herršaft so bratele. Letz=
terer Ausdruck dürfte eine Erinnerung an einen alten luzernerischen
Mythus sein. In unsern alten Hexenprozessen figurirt die Bratteln=
matte als Blocksberg, siehe Gsd. 23, 359. Salat dichtet 123 von einem
Teufelsspuk und sagt dazu Es ist das volk ab Brattelen matten.

A M. Reeflecken Todesflecken, häufig im Pestbüchlein zu mhd.
rê + vlêc.

A M. enottel Ehevertrag in einer Urkunde der Sammlung
des historischen Vereins der V Orte vom Jahre 1489 es ist der=
selb brieff vnd enottel zwüschen ira vnd irem gemachel zu
Basel beschehen 1489, zu mhd. ê und mhd. notel.

haλs-bäti n. Halskette aus haλs + bäti Rosenkranz, Kette.
Kleiderreform von 1671 S. 10 Item sollen jhnen ouch die Hals-
betten silbernen Halsketten, gäntzlich verbotten seyn.

räb-höi n. der Epheu, der erste Teil durch Umdeutung (räbe
die Rebe) aus mhd. ebe entstanden.

li-laχχe-lied n. das „Leinlakenlied", nur in der Phrase Papa
s li-laχχe-lied seŋŋe Samhita s li-laχχe-liet seŋŋe gähnen (wegen
des kurzen i siehe unten).

tsannd-lökχe-mueterli n. jemand, dem Zähne ausgefallen sind,
aus mhd. zant + mhd. lücke + J M. mueterli das Mütterchen.

b) In ganz wenig Fällen geschieht die Bindung durch ein
mir unerklärliches i, nämlich:

χari-saλbi f. die Karrenschmiere aus χare der Karren und
saλbi die Schmiere.

hagi-bueχ (hagi-bueχe) f. die Hainbuche.

hodi-lomp (hodi-lompe) m. ber Lump aus hodʻλ m. ber Lappen unb lommp ber Lump.

wisi-lüte, wisi-gloke. Zum Gottesbienſt wirb zwei Mal bas Zeichen gegeben, eine gewiſſe Zeit, z. B. eine halbe Stunbe vor Beginn unb gerabe beim Beginn. Erſteres nennt man ſonſt überall in J M. ts χele lüte zur Kirche läuten, in Bero-Münſter bagegen wisi-lüte bas Läuten, burch welches bie Leute Weiſung (wisig) be= kommen, ſich zum Kirchgang bereit zu halten. Das zweite Läuten heißt tsäme lüte. Das Wort „Wisigloke" iſt auch in Bürglen, Kt. Uri, bekannt, Gfb. 30, 164 unb Gfb. 36, 293 Jahr 1369.

c) Die Binbung geſchieht burch e nhb. en, ſehr häufig.

pure-χeλbi f. bie Bauernkirchweih, bas bunte Durcheinanber, ber überlabene Stil, aus pur ber Bauer unb χeλbi Kirchweih.

häkse-wärχ bas Hexenwerk, aus häks bie Hexe unb wärχ bas Werk. ** S'god wi's chli Häxewärch es geht ſehr raſch.

Längere Frembwörter lauten in J M. wie Kompoſita, eine Silbe hat Hoch=, eine Tiefton, bie bazwiſchen liegenben Silben zeigen ſchwachtoniges i unb e, bie Vertreter von allen Vokalen ſein können. i zeigt ſich ſo z. B. in kχomibiere (Hochton auf bie) kommanbiren; kχapitšiner (Hochton auf tši) ber Kappuziner; barisoλ (Hochton auf soλ) n. fr. parasol; desidiere (Hochton auf bie) beſertiren; apitse (Hochton auf tse) n. bas Abc; teligraf (Hoch= ton auf graf) ber Telegraph u. ſ. w. e finbet ſich in herrgeless Herkules als Beteuerung; apetek (Hochton auf tek) f. bie Apotheke; bagedäλ (Hochton auf däλ) m. Bagatelle u. ſ. w.

d) Binbung burch er ſelten, wiber-foλχ bie Frauensperſon.

e) Am häufigſten iſt bie Binbung burch s.

štobes-tör f. bie Stubentüre aus štobe f. + tör f.

herr-gots-tag m. bas Frohnleichnamsfeſt, aus herrgot + tag. Schilling 257 am sondag nach vnsers Hergotztag.

Paba χennd + s + χennd Samhita χennts-χend ber Enkel.

f) Dieſes s hat ſich in einigen Fällen in š gewanbelt, nämlich in Ortsnamen wie herrliš-pärg Herrlisberg Gfb. 6, 55 Jahr 1303 Hergesperg; adeš-wiλ Abenſchwil, Liber Camere Gfb. 24, 103 Adelswile. Anbere behalten bas s. z. B. heλdis-riede (Hochton auf rie) Liber Camere Gfb. 24, 110. Hiltisrieden.

Die Wochennamen Dienstag, Donnerstag unb Samstag lauten tsištig, donnſtig, sammſtig.

II. Einige wenige Kompoſita, die den Hochton auf dem zweiten Beſtandteil tragen, ſchwächen den Vokal des erſten zu ſchwach=
tonigem e. eläi allein; efaη̄ηe anfangs, bisher; ferlieb vorlieb;
dertwäriss (ſchon früher erwähnt).

III. Wenn der Hochton auf dem erſten Beſtandteil ruht, ſo
ſind, was die Behandlung der beiden Komponenten anbelangt, drei
Fälle möglich:

a) Beide Beſtandteile bleiben unverändert, wie ſie außerhalb
der Kompoſition ſind. Dies ſind die meiſten Fälle, z. B.

šueλ-hus (šueλ-hüser) das Schulhaus aus šueλ + hus.

Aus štäη̄ˊλ der Stengel und gommpete ſ. das Hüpfen wird
štäη̄ˊλ-gompete. Beim Hanfbrechen pflegten die jungen Leute
nach Schluß der Arbeit über einen Haufen gebrochener und bis=
weilen angezündeter Stengel zu hüpfen. Das hieß štäη̄ˊλ-gompete.
Scherzweiſe wird mit dieſem Ausdruck jetzt die letzte Sitzung einer
Behörde in einer Amtsperiode bezeichnet.

b) Der erſte Teil wird gekürzt.

α) Lange Vokale des erſten Teils werden zu kurzen, Diphthonge
verlieren den zweiten Beſtandteil. Etwa 60 Fälle.

šu-maχχer m. aus šue der Schuh + maχχer der Macher, der
Schuſter.

šloffe ſchlafen hat nur langes o. Nur die Formel šlof woλ
ſchlafe wohl wird als Komp. behandelt unter Kürzung des erſten
Teils.

red-hus n. der Mund, die Redegabe aus red die Rede +
hus das Haus.

β) Fortis t wird Lenis d in folgenden Fällen:

χrud-wäiie m. der Spinatkuchen aus mhd. krût + wäiie m.
der Kuchen, vgl. Joſua Maaler Wäyen. Hier iſt aber die Form
mit Lenis d auch aus der Verbindung herausgetreten, und es heißt
auch für ſich genommen χrud n. Kraut, Spinat. Dagegen in den
Plural iſt d nicht gelangt, da heißt es χrüter.

χod-loχχ (χod-löχχer) eine kotige Stelle zu mhd. kât und loch
das Loch. Hier iſt die Form mit Lenis d ebenfalls herausgetreten,
doch ſo, daß die alten Formen noch daneben herlaufen, χod und
χot, χödle und χötle (kχötlet) kotig ſein.

blued-ioη̄η blutjung aus bluet n. Blut und ioη̄η jung. Da=
gegen bluet-egˊλ u. ſ. w.

106

štat mhb. stat kürzt so in allen Verbindungen, štad-hus, štad-rot, štad-ha*l*ter u. s. w.

rod-hus n. das Rathaus aus rot + hus.

brod-woršt (brod-wöršt) die Bratwurst. In den beiden letzten Fällen ist zugleich der Vokal gekürzt.

Diese Erscheinung ist nicht etwa den Sandhigesetzen zuzuschrei=ben; denn diese würden in allen aufgezählten Fällen t gestatten.

γ) Fortis ss wird Lenis s zugleich mit Kürzung des Vokals nur in gros-mueter, gros-fater, gros-*χ*end aus gross groß + mueter Mutter, u. s. w.

c) Der zweite Teil wird zur schwachtonigen Endung in sehr vielen Fällen.

α) Der Vokal wird zu e. hänntše s. der Handschuh aus hannd + šue; šo*ŋ*ge Schongau, weißes Buch Gfd. 23, 253 Schongowa; rämmert Renward; uffet s. Auffahrtsfest.

β) Der Vokal schwindet ganz, wenn ein *l* folgt, das dann den Silbengipfel bildet; etwa 20 Fälle.

söišt'*l* m. der Schweinestall aus sou + šta*l* Stall, Pl. söištle.

rusm'*l* schon früher erwähnt.

γ) Der Vokal wird i, falls ss darauf folgt. Die Fälle sind:

barfiss barfuß.

apliss m. der Ablaß mhb. abelâ*χ*.

öpiss oder häufiger öpis mhb. ëtwa*χ*, ebenso nöiiss oder nöiis.

lie*χ*pmiss s. mhb. lichtmësse.

šo*l*tiss (šo*l*tesse) m. der Schultheiß.

hošštriss Lokalität Gfd. 20, 277 Jahr 1456 Hochsträss, jetzt geschrieben Hostriß.

fä*l*miss Feldmoos, Probsteirobel Gfd. 38, 7 Veltmos.

A M. Vasmiss zu mhb. Vastmuos, häufig belegt. Urkunde von Malters Gfd. 20, 199 Jahr 1395 zehen Mütt vassmis; Urkunde von Sursee Gfd. 22, 304 Jahr 1465 Nu solt der dem lütpriester zuo Ettiswil etwes fasmis davon han geben; Stadtrecht von Luzern 85 kernen haber vnschlitt, käss, ziger, vassmiss.

Das gleiche findet statt, wenn ein g auf den Wurzelvokal folgt. mändig Montag; herrtsig (herrtsege) m. Herzog; sehr viele mit ek Hügel zusammengesetzte Ortsnamen: honig Hohenegg; arig Archegg.

Diese Kürzungen treten nur ein, wenn keine schwachtonige

Silbe zwischen beiden Komponenten sich befindet. Eine bloß schein=
bare Ausnahme macht šlofid woλ schlaft wohl, denn das lehnt sich
an den Sg. šlof woλ an.

43. Die Zischlaute in Fremdwörtern.

Fremdwörter sind in unsere Mundart zu drei verschiedenen
Perioden eingedrungen. In der ersten Periode nimmt die Sprache
Wörter aus dem Lateinischen und Griechischen auf, besonders Aus=
brücke des kirchlichen Lebens, z. B. χele die Kirche, χapele f. die
Kapelle. Diese Wörter sind meistens auch im Mhd. vorhanden.

In der zweiten Periode gelangen Wörter aus den romanischen
Sprachen in unsere Mundart, durch Handelsbeziehungen, besonders
durch das Reislaufen und sonstigen Verkehr, z. B. kχabare (Hochton
auf ba) f. Vermögen it. caparra; gännterli n. der Schrank frz. cantre
die Spulenleiter in der Weberei; kχanntromm m. it. cantarono
der Schrank; beide von lat. canterius das Sparrenwerk; poffet n.
frz. buffet; Japp. Inf. 1, 121 was dann die gelegenheit der Ge-
machen antrifft, so sindt dieselbigen mit Getäffer von Ceder-
holtz auch Büffeten oder Credentztischen aussgearbeitet.

Viele Wörter sprechen selbst dafür, daß sie durch das Reis=
laufen eingeführt wurden. halcgere (khalcgeret) essen, trinken,
lustig sein zu it. allegro. Paba of t marɒdi go Samhita of
p marɒdi go (Hochton auf rɒ) frz. marauder. šaroni (Hochton
auf ša oder ro) und buger Fluchwörter, frz. charogne und
bougre; rotse (krotst) sich herumbalgen it. ruzzare; ramisiere
(kramisiert, Hochton auf sie) zusammenraffen frz. ramasser.

Umgekehrt sind aus unsern Mundarten Wörter ins Romanische
eingedrungen. Die Leventina kennt una recia, I M. rätše Hanf=
breche; un bekli I M. bekχli Kaffeetasse.

Mehrere Wörter dieser Periode sind gerade jetzt im Ver=
schwinden begriffen, z. B. memɒri (Hochton auf mɒ) n. das Ge=
dächtniß; trawäλʒe (trawäλʒet, Hochton auf wäλ) frz. travailler;
gäkšɒsig eigentümlich zu frz. quelque chose. öpis gäkšɒsiks.

Die Wörter der dritten Periode sind die, welche durch die heu=
tigen Kulturverhältnisse aus der Schriftsprache eindringen. teligraf
(Hochton auf graf) der Telegraf; gletserin-säipfi die Glycerinseife.

Hie und da werden Fremdwörter verwechselt. kχomod (Hochton auf mod) wird häufig für kχorios gesagt. Jneichen ** Nur s'sälb Böimli (der Apfelbaum im Paradies) lömmer si, komod sind d'Öpfel dra. Statt deštiliere (teštiliert, Hochton auf lie) sagt man häufig dešgeriere (tešgeriert, Hochton auf rie); semeliere (ksemeliert, Hochton auf lie) wird im Sinne von Nachdenken gebraucht.

Lautverbindungen, die unserer Mundart fremd sind, werden umgemodelt. boîte wird buete f.; aus instrument macht J M. reštermännt (Hochton auf männt) u.; Häfliger und Jneichen sprechen häufig von der ** Konterstuzion statt Konstitution.

J M. kennt im Anlaut die Verbindung von Sibilant + Gut=turalis nicht. Es werden daher solche Anlautgruppen in Fremd=wörtern stets mit andern vertauscht, die in der Mundart geläufig sind. In den meisten Fällen wird gegen št umgetauscht, nämlich:

štabäλλe (Hochton auf bäλ) f. der Stuhl mit Lehne it. sgabello.

štrople f. Pl. Skrupel, Bedenken.

štroffle f. Pl. Skropheln.

štorpion (i-o zweisilbig) f. der Skorpion.

štabiose (i-o zweisilbig, Hochton auf o) die Scabiosa.

Skapulier erscheint in J M. in der Form tšäpelier (Hochton auf lier) m.

Skatt lautet J M. kštat m.

Sklave wird zu kšlaf m.

Im Inlaut erscheint sc stets als šg (ššg). šg ist eine auch sonst in J M. vorkommende Lautverbindung.

maššgere f. die Maske, Larve, it. maschera.

franntsešge Franziska.

bišgotli (Hochton auf got) n. eine Art Gebäck it. biscotto.

mošsget-noss f. die Muskatnuß.

rešgiere (rešgiert, Hochton auf gie) risquiren.

dešgeriere (Hochton auf rie) diskurriren, destilliren.

mošgedäλλer (Hochton auf däλ) m. der Muskateller.

mösšgi n. die kleine unscheinbare Weibsperson, zu it. mosca Fliege?

Zu der früher behandelten Lautgruppe tš fügen die Fremd=wörter noch einiges hinzu.

torrtše f. it. torcia nannte man früher in Bero=Münster die großen Kerzen auf dem Choraltar der Stiftskirche. In A M. be=

beutet tortſche Fackel; Vierwald. See 230 in diſem Balm (Höhle) bin ich gegangen, muss mit brennenden Tortſchen oder ſonſten einem angezündten Fewr beſchehen; Etterlin 195 mit ſchouben vnd Tortſchen; Feuerwehrorbnung vom Jahre 1788 S. 8 Weilen auch die Bezündung in derley .fürchterlichen Angelegenheiten höchſtens vonnöthen, ſollen genugſame Tortſchen angeſchaft werden.

toλnätš m. ber Unterhändler, beſonders beim Viehhandel, nhb. Dolmetſch. Man beachte n für m.

lätš m. bie Schlinge, bas verzogene Maul, it. laccio.

tšäpertli n. bas Geifermäntelchen, it. ciapperone, ciapperotto.

kχapitšiner (Hochton auf tši) m. it. cappucino.

latšali m. Schimpfwort auf einen tölpelhaften Menſchen.

tšeηηkelemore, komiſcher Ausbruck, etwa bah! it. cinque unb la morra?

Wörter mit ber frz. Enbung aši frz. age ſinb alle Neutra, ber Hochton liegt auf bem a. Die Fälle ſinb:

bagaši bie Bagage; Vierwald. See 130 die Wacht wart erſchlagen vnd alles Bagagi erobert.

guraši, guraš, guräši bie Courage, ber Branntwein.

mariaš bie Mariage, ein Kartenſpiel.

etaši bas Stockwerk, bie Etage.

kšteλλaši bas Geſtell. Hier iſt bie frembe Enbung an ein einheimiſches Wort angetreten, zu vergleichen mit nlb. kleedaadje.

Folgenbe einzelne Frembwörter mit Sibilanten verbienen noch nähere Berückſichtigung.

batse m. ber Batzen, bas 10 Centimesſtück. Paba haλb batse Samhita haλ-patse (Hochton auf pa) ber halbe Batzen. haλ-patsig einen halben Batzen wert, wertlos. ** Es iſt mer nur halbbatzig ich fühle mich nicht recht wohl.

fermöſele (fermöſelet) zerquetſchen nlb. vermorzelen zu mhb. murſēl mtlfrz. morcel.

špargimännt (Hochton auf männt) nur in ber Phraſe špargimännter maχχe viele ſchöne Worte, Komplimente machen, beſon= bers bei Einlabungen, zu it. spargimento?

trišake (trišaket) quälen; urſprünglich ber Name eines Karten= ſpieles, it. i tre sciacchi; Luχuſebikt vom Jahr 1732 S. 5 Landsknecht, Bocken, Würffel, Trischacken, Oberlanden und alle andere teure Spill.

Spieg'λ m. der Spiegel, die Brille. Letztere Bedeutung ist im Aussterben begriffen. Salat 208 Legent luter ougenspiegel an. dotset n. das Dutzend. A M. bietet stets diese Form. Pfyffers Inventar Gfb. 7, 222 und 223; Herzogs Hinterlassenschaft Gfb. 11, 250 Item an dischzwechelin oder dischtüchlin 7 dotzet; Erd=beben Gfb. 3, 106 ein halb dotzet starker Männern.

A M. gletscher, bei Etterlin S. 160 drei Mal, z. B.: vnd als man vff dem gletscher lag, do regnet, schnygt und haglet es.

fatsenetli (Hochton auf net) it. fazzoletto das Nastuch, häufig gekürzt netli; auch in A M. vielfach vorkommend. Japp. Inf. Ja es haben auch jhrer vil Heilthumb darvon begehrt, also dass etliche jhre Fatzenetlin in jhrem Bluot eingenetzet; Pestbüch-lein 19 Item ouch handschuoch oder fatzenetlin darinn netzen vnnd mithin daran schmöcken; Luxusmandat v. 1685 Es sollen nachmalen die Hochzeitleut weder frembden noch heimbischen weder Krägen, Fatzenet noch Hauben schicken.

Aeltere Leute sagen tatse f. die Tasse, Dem. tatsli zu it. tazza. Die jüngere Generation spricht dagegen tasse, tassli. In A M. habe ich nur die erstere Form getroffen, so im Inventarium Pfyffers und in Herzogs Hinterlassenschaft, Gfb. 7, 222. 223 und 11, 250. 256.

Das Mhd. hat lat. secretarium in sigeltor umgedeutet, I M. mit Durchgang durch * sigelter, * sigeltel in segetaλ. Dieses Wort ist aber nur in Bero=Münster bekannt und bedeutet das Archiv der Stiftskirche daselbst.

Wegen des Hochtones von halegere, gäkšosig, franntsešge u. s. w. erinnere man sich an §. 3 Ende.

Die Rückkehr zur Mutter

von

Kämmert vom Mösli.

(Eine Probe der Mundart von Bero-Münster.)

Wenn't us de Fröndi chunst
    und d'Heimet wider g'sihst,
De chausch i niemerem säge
    wi's dir im Härz de wird.

S'isch Obe g'si und d'Sunne
    hed welle hinder e Bärg,
Do g'höri s'Bächli rusche,
    und det isch scho de Stäg.

I gone nid grad drüber,
    i stone z'erst i Bach,
I wäsche vo de Schuene
    de Staub vom frönde Land.

Wi simmer alle g'sprunge,
    mir Buebe, de g'schlagnig Tag
Dur's Tobel uf und abe;
    es hed ke Gattig g'ha.

Hend g'luegt wi d'Fischli schwimmid
    und wi vom grosse Stei
De Heidochs abegumpet
    as wi ne Wätterleich.

Und det uf däner Tanne
    under em grüene Tach
Hend d'Eiker Nüssli g'chnauslet,
    wi hed das Müli g'macht!

Und mir sind unde g'stande,
    hend g'güggelet müsli stil:
Me sind wi G'spänli g'si
    Di Eikerli und d'Chind.

Und s'Tübli uf de Chile
und d'Geiss im grüene Gras;
O, däni schöne Zite,
schier chäm mi s'Brieggen a!

Wi bin i alle g'ritte
uf öisem tröine Türk
Und stolz dur's Dorf i-zoge
as wi de Beierfürst.

Doch los, was g'höri bälle
was rönnt um däni Buech,
Wär bringt m'r us de Heimet
z'erst e liebe Gruess?

De Türk isch, jo es isch e;
„E grüess di Kamerad!
Hesch g'wüss all Obe b'passet
bim alte Widehag!

Hesch usgluegt, öb di Meister
ächt chömm vom frönde Land.
Do g'sihsch mi jo, do hesch mi;
ietz blibed m'r binenand."

I han e d'tätschlet, g'streichlet,
är hed mer s'Töpli g'gä
Hed g'wädelet und g'weisset
Kes Aend hed's welle nä.

Me sind do witers g'gange,
Ha d'Wägli wol no g'wüsst,
Han iede Chriesbaum g'könnt
und iedes Widebüsch.

„Det g'sin i di alte Linde,
ietz Türk, ietz lauf m'r g'schwind,
Det stod mis Hüttli d'runder,
det isch mis Müetti drin.

Mis Müetti, s'härzig Müetti,
Isch ächt g'sund und z'wäg?
Wenn under dene Jore . . . . ."
wi chlopfet mer mis Härz.

Do hend di Linde g'ruschet,
    wi Antwort isch es g'si:
Mir hend dis Müetti b'hüetet
    Und s'Schwösterli das chli.

Do hed's mer wider g'wolet.
    „Jetz, Türk, ietz häb m'r Rue!"
I tüssele ganz hübschli
    Zur offne Türe zue.

Det isch mis Müetti g'sässe
    und s'Meieli hinder em Tisch,
Si hend zum Aesse b'bättet
    wi iede fromme Christ.

Mis Schwösterli g'sihd mi, stusset:
    „Muetter, e frönde Ma."
Und s'Müetti suecht no'm Spiegel,
    s'hed blödi Auge g'ha.

I gone zueneren äne,
    i luege si so a.
„E je, das isch de Seppi"
    si fallt m'r i mi Arm.

I cha kes Wörtli säge,
    i drücke si a mis Härz,
I han ere s'Bäggli g'streichlet
    Und au es Schmützli g'gä.

Und ändli seid mis Müetti:
    „o, läbti d'r Aetti no
Und g'säch er ietz mi Seppi
    i sim Rubelihor!

Dä wurd eis luege, mache:
    e Seppi du tusigs Bueb,
Wi hescht au trüeit und g'wachse,
    Näi Müetti lueg au, lue!"

I ha mis Müetti d'tröstet:
    „g'wüss ist er ietz bi öis,
Aer luegt vom Himmel abe,
    und hed e sälegi Fröid."

Me hend do s'Müesli g'gässe
      am alte eichege Tisch
— Es hed's mis Müetti g'chochet —
      und druf e Schlottermilch.

Das Mälmues i de Heimet
      äs hed mi besser d'dunkt
As alli Wi di türe
      im Rinland und z'Burgund.

Vil hani müesse zelle,
      wi hed mis Müetti g'lost,
Und s'Mei uf mine Chnöine,
      was hend ech die nid g'frogt!

Vo dene frönde Lande
      vo mängem Künigrich
Vo Stette, gross und mächtig,
      vo Rom und vo Baris.

,,De muesch nid meine, Müetti,
      i heig nid a di dänkt,
I heig nüd g'spart und g'huset,
      mängs Batzli bring d'r mängs.

De muesch m'r füre Winter
      das wermist Belzli ha,
Und s'Mei e nöie Schlutti
      mit sidege Franse dra.''

Cha nümme witers ·brichte,
      Es isch m'r wine Traum,
S'chli Aempeli hed g'schine
      grad wi ne Wienechtsbaum.

Weis nur no, i ha immer
      zum Müetti äne g'luegt.
Sis Hor isch frili wiss g'si,
      doch d'Bäggeli rot wi Bluet.

Ha hübschli bi m'r b'bättet:
      ,,O Herr im Himelrich,
O, lass m'r au mis Müetti
      no langi, langi Zit!''

Corrigenda.